和田玉

1984—2020 祁人诗选

五边诗丛
中国当代诗歌名家系列

祁人 著

中国文联出版社

图书在版编目（CIP）数据

和田玉：1984—2020 祁人诗选 / 祁人著 . -- 北京：
中国文联出版社，2020.12
ISBN 978-7-5190-4548-7

Ⅰ . ①和… Ⅱ . ①祁… Ⅲ . ①诗集 – 中国 – 当代
Ⅳ . ① I227

中国版本图书馆 CIP 数据核字 (2021) 第 013214 号

著　　者　祁　人
责任编辑　张凯默
责任校对　胡世勋　黄雪彬
书籍设计　XXL Studio

出版发行　中国文联出版社有限公司
社　　址　北京农展馆南里 10 号　邮编：100125
电　　话　010-85923025（发行部）　010-85923091（总编室）
经　　销　全国新华书店等
印　　刷　湖北恒泰印务有限公司

开　　本　787 毫米 ×1092 毫米　1/16
印　　张　16
字　　数　139 千字
版　　次　2020 年 12 月第 1 版第 1 次印刷
定　　价　82.00 元

目　录

萤火虫

20 世纪 80 年代

3　　萤火虫

4　　无花果

5　　流星

6　　向日葵

7　　那时

8　　只要世界上还存在着那个"敌人"

10　　如果

11　　望夫石

12　　小镇之秋

13　　我的太阳

14　　鸽子

15　　晚风

16　　北斗星

17　　弯月

18　　在这片静静的林子

19　　长江之魂

20　　夏夜，于江上听《二泉映月》

21　　这个日子坠地无声

22　　夕阳映照过来

鼓楼上空的鸟儿

20 世纪 90 年代

25　　忘却是一种美丽

26　　命运之门

27　　不是爱你，也不是不爱你 ——致L

29　　风景

30　　梦是一面美丽的镜子

1984—2020 祁人诗选

I

31　你走了以后

32　昨天

34　今天

36　明天

37　门

38　这个日子阳光明媚

39　春

40　梅

41　瘦瘦的爱情

42　花与女人

43　忏悔

44　给你

45　墓志铭 ——自画像

46　从什么看到黑夜 ——答 S 兼致顾城

48　寄自西绦胡同13号西门

51　每一天

52　等待

54　无题 ——致 Y

55　露珠 ——致 S

56　茉莉

58　谁翻开这一天的日历

60　鼓楼上空的鸟儿

和
田
玉

21 世纪初

65　世上再没有更轻松的事

66　掌心的风景 ——给一唯

68　赞美与歌唱

70　酒鬼箴言

71　永远的天使 ——献给 "5·12" 国际护士节

72　爱情

73　金蝉颂

75　蓝印花布

76　方向

77　油画 ——赠柯尔克孜族姑娘阿依达

78　　天涯

79　　一生的寻找

81　　和田玉　——献给母亲与新娘

82　　最美　——情人节写给梅梅

84　　遗书

86　　祖国　——献给抗震救灾一线官兵

88　　志愿者

90　　荷花池

92　　微笑

94　　生死之恋

95　　在国歌声中成长

97　　天上的宝石　——献给"5·12"汶川大地震遇难者

98　　窗外　——写给第29届奥运会

100　　马语者　——写给祥云的云

102　　五月芳菲　——写在都江堰幸福家园安置点

104　　在青海湖畔　——给梅梅

105　　十一月一日的雪　——给诗然

106　　破坏　——给诗然

108　　青稞酒令

感恩　　21 世纪 10 年代

111　　黄昏的诵经者

113　　灯罩

114　　仰望黄鹤楼

116　　在孙文路上想起孙中山

117　　在佛山

119　　在佛山　行通济

121　　千年如来

122　　在三角镇，种下三角恋

124　　感恩　——有赠

125　　用写诗的右手喝茅台美酒

128　　活着的沉香

131　　登江心屿

133　　捕鱼者说

134　　寄清名桥

136　德令哈的清晨

137　昆仑玉

138　日月潭 ——给诗然

140　西子湾 ——致范我存女士

142　梢瓜布 ——献给父亲祁文祥

144　洞庭湖

145　母亲节 ——献给母亲邓惠芳

147　在诗上庄想起姑姑

149　盗梦桥 ——题北涧桥

150　百丈漈

151　登岳阳楼

153　阳光的如来

154　母亲的月季

156　五点三公里的爱情

157　给你

159　树叶与小船

160　"四十"不惑 ——赠成佳八一级高中同学聚会

161　公祭日

162　冬至

母
语
的
祖
国

域 外 诗 旅

165　母语的祖国

166　黑眼睛

167　我的寂寞却无忧伤

169　Mere，米瑞

171　请安静些，再安静些

172　BUU QIEN 西贡邮局 ——遥寄

174　游芹椰猴岛

175　致津巴布韦

176　向野猪致敬

177　维多利亚大瀑布

179　塞纳河 ——有赠

180　　艳遇 ——写在巴黎

182　　一朵花的春天

183　　界碑 ——有赠

184　　高跷钓鱼

185　　清迈诗抄 （5首）

附
录

191　　诗言诗语 / 祁人

215　　在通往诗歌圣殿的朝圣之路上 ——答华西文学网《名家专访》
　　　　/ 蓝莲花、祁人

230　　戏说祁人 / 朵生春

234　　祁人：中国诗歌万里行 / 洪烛

240　　Playful Comments On Qi Ren / Duo Shengchun

245　　祁人简介

萤火虫

20世纪80年代

1984—2020 祁人诗选

萤火虫

自己摸黑走

把光亮留在身后

1
9
8
4
.
1
0

无花果

没有鲜花的陪伴
你不感到寂寞么
只一心一意丰硕

流 星

不甘心于生命的短暂

即便瞬间

也要坚定地冲击黑暗

向日葵

1
9
8
4
.
1
0

自从出生之日起
就把一切献给了光明
它牢记妈妈的话语
不能把空虚留给后人

那　时

那时

你小

我也小

小雨下起的时候

我们仰着脸望天

说　天哭了

你擦我的眼角

我擦你的眼角

脸上全都湿漉漉的

我说你哭了

你却说我哭了

1985.5

只要世界上还存在着
那个"敌人"

因为一句"敌人"
就惹你哭得好伤心
一个劲地呜咽
不跟我言语

哄你也不听
急煞了我这个男孩子
骂自己是敌人
要惩罚自己
拿小针刺破了手指

殷红的血流了出来……

一下子你竟止住了哭
睁大眼睛呆呆地望着我
又扑过来把我的手指含在嘴里
轻轻地吮干血液
我乐了，你却更伤心
眼泪汪汪地
一滴滴落在我手心里

好多年过去了
我还常常回想往事
回想童年的勇敢
心中便涌起一阵甜蜜

那个时候，我的血

流进了另一个人的身体

从此我便相信

只要世界上还存在着那个"敌人"

我的一生

便不会过得孤寂

如　果

1
9
8
5
·
6

如果五彩缤纷的春天从来就没有来过
如果天真浪漫的童年时代不曾相识过
如果那些日子从来也不曾开放过快乐
如果人世间永远就没有什么悲欢离合

如果我们生下来便不会长大
如果长大了我们还走在一条路上
如果也不曾失散于那个美丽的黄昏
那么，我不会在春天遍尝生命的甘美
而在人生的夏天品味生活的苦涩

如果，如果我是一个白痴
如果我的记忆永远是一片空白
我也注定不会在这一个季节
衣着单薄地
吟诵那句——
断
　肠
　　人
　　　在
　　　　天
　　　　　涯

望夫石

你是一个忠贞的女人
一生坚贞不渝
为了丈夫，千百年来
以一个永恒的姿势
站立成一块贞节碑

你的故事太美丽太美丽
感动所有的男人
你的故事太沉重太沉重
压得女人们喘不过气

传说中你是一个活生生的人
却又像一具《道德经》冻僵的木乃伊
一辈子走不出那个故事

这是你的伟大
也是你的不幸

小镇之秋

1
9
8
7
.
1
1
.
2
7

在故乡的小镇
细细的秋雨
如一把缠绵的吉他
将我的乡情
弹成湿淋淋的曲子

在秋雨中，在古巷里
读你哟，故乡湿淋淋的小镇
读你细细密密的相思泪水
读你漂白母亲鬓发的沧桑年轮
读你祖祖辈辈走过的坎坷足迹
读你的端庄古朴深沉
读你的清新秀丽优美
读你现实和历史交替中
象征性的油画色彩
读你月儿圆星儿亮的童谣
读你为一支新编民歌
读你如一首七言绝句
品味你浓浓的乡思意境

在小镇的古巷里
缠绵的秋雨
润湿了我的乡情
乡情如一只带露的相思鸟
飞不出故乡的雨季

我的太阳

我的太阳啊

我的永生永世的爱人

在天涯在海角

在沙漠在戈壁

我跑遍了所有的地方

在天底下

也找不到一片树荫

躲避不了你的光明

你的炽热的嘴唇

吻我黝黑的胡须

吻我单薄的身体

吻我冻结的热情

那时候，我感动得

流了泪

我坚信

活着

你会爱着我

我死了

你也会把思念

栽成一束太阳花

守护在我的坟头

我的太阳啊

我的永生永世的爱人

生前能够在你的阳光下奔跑

死后就能够在你的阳光下长眠

1987.12

鸽 子

1
9
8
8
.
3

你赠我的这只鸽子
很乖
我常常闭上眼睛
听它咕咕叫唤

总是，每次你一转身
它便随你飞去了
我只能睁开眼睛
唤你
带它一起回来

晚 风

我知道

那个时刻终于来了

晚风把你

带入我的胸怀

我感觉你颤抖的身体

紧紧地贴着我

我黝黑的胡须

扎你的胆怯

扎你的欢心

扎你的羞涩

这时

晚风还在歌唱着

黑暗里

我看不见你

你看不见我

北斗星

1
9
8
8
.
5

望着你，我能说些什么呢
不会言语的风也许知情
在我人生的每一个脚印里
闪烁着你水汪汪的眼睛
我的路便无穷无尽地延伸

我从此不再顾盼那一颗颗
天宇中数也数不清的星星
曾经注视过的都一一消陨
只有你是最亮的星辰
在我的一生中露出永恒的笑意

弯 月

亲爱的，瞧天上

一轮弯月

一半是我

一半是你

还要等到那天么

等到十五中秋

咱们面对面，悄悄地

把脸挨拢

在这片静静的林子

1
9
8
8
·
4

在这片静静的林子
洒满了落日的余晖
虚伪和阴谋已经灭绝
这世界空气多么纯净

在这片静静的林子
长满了绿色的草茵
枯黄的季节一去不回
绿色的生命充满永恒

在这片静静的林子
几只蝶儿追逐嬉戏
小草小花窃窃私语
绿叶想着自己心事

在这片静静的林子
我吹一支悠悠的竹笛
拨动你心跳的频率
等待黄昏过后的天明

长江之魂

——穿恶浪哟
　　过险滩啰

濛濛烟雨中有号子声声拂来
望长江水流向东方
载走秦皇汉武
载走屈子哀歌
载走几千年的沉沉历史

人的一生太短暂太短暂
人的历史太漫长太漫长
叹几多才子佳人
几多天骄豪杰
于江涛声里浮沉
躲不过世事风雨

而江水东流滚滚
载不走的
是长江之魂
是千百年翻来覆去的
声声号子

千年的历史太厚太长
忽略的是
这顷刻的悲壮
惟江之魂
复写着发亮的号子声

1989.1.1

夏夜，于江上听《二泉映月》

1
9
8
9
·
4

阿炳那双黝黑深沉的眼睛呀
是怎样暗示那只拉弓的手
将岁月之河拨动
令亘古之月下沉下沉

无雨无风无星之夜
乘一轮小船涉大江之水
倾听二胡悠悠的曲子
穿越世纪风雨
从旧时的城里传出来
引得月色
照了往昔
又照今人
照一江水向东而去

夏夜，于江上听《二泉映月》
便想到阿炳
想到阿炳的二胡
和二胡弦上的那轮岁月

夏夜，这一个夜晚
无眠
我回到岸边
想一个民族
是怎样
迈进辉煌的时代

这个日子坠地无声

生命如一只响翎的箭　　　　　　　　　1

在黎明时分射进夏日　　　　　　　　　9

夏日里　　　　　　　　　　　　　　　8

日子坠地无声　　　　　　　　　　　　9

我煎熬生命的沉重　　　　　　　　　　.

和命运的苦涩　　　　　　　　　　　　6

生日　　　　　　　　　　　　　　　　.

在明日早上六时整　　　　　　　　　　1

　　　　　　　　　　　　　　　　　　8

明日早上六时整
二十四年的风风雨雨
将永远告别
那些五彩缤纷的日子
那些豪言壮语的日子
那些无言的情绪
那八千七百六十个日日夜夜

八千七百六十个日日夜夜
在明日早上六时整
将纷纷跳下日历
坠落在六月十八号的日子

一九八九年六月十八日
天气预报
阴转晴

夕阳映照过来

1
9
8
9
·
6

夕阳映照过来
我独坐草地
影子
斜斜地映照于草地

这时，我的思想
注视着夕阳下
斜斜的风景

风景斜斜
思想斜斜
影子斜斜
夕阳映照过来

夕阳映照过来
渐渐……
……沉没
影子沉没
风景沉没
思想……
沉浸

一样的阳光下
不一样的心情

鼓楼上空的鸟儿

上空的鸟儿

20世纪90年代

1984—2020 祁人诗选

忘却是一种美丽

我不愿隐瞒对你的思念
我不愿隐瞒对你的抱怨
我那颗殷红的心
曾被你一分两瓣

你不要说时间过得太长太快
你不要说后悔已遥远的事情
你手牵着的小儿子叫一声叔叔
失落我心上的一块石头

挥挥手不用说什么
前面有许多的人生小站
许多的人和事还等着我们
此刻，忘却是一种美丽

命运之门

1
9
9
0
.
1
2

偶然之间

你轻轻一推

命运之门便启开了

人生一如既往

无暇顾及往日的一切

比如红豆般的相思

比如绿叶般的心事

比如大海中颠簸的船只

比如载着船只漂泊的流水

比如……一切

一切都在命运造访之前

严阵以待

偶然之间

或者于想象之外

你轻轻一击

岁月之河便解冻了

命运之门

亦然洞开

不是爱你，也不是不爱你

——致 L

1
9
9
1
.
2

你别哭泣你别叹息你别心灰意冷
告诉你告诉你让我轻轻地告诉你
你没有什么过错我没有什么过错
惟一的错是你真心爱我

自从那个开放太阳花的季节
降临我心灵的天空
我的世界从此不再属于我了
太阳神俘虏我做了奴仆
我从此变得一无所有一无所有
而你已经错过了那个季节
错过了那个季节
也就错过了一生

命运总喜欢迈不规则的脚步
人世间才有了阴差阳错
我们才如此擦肩而过
而我们都没有什么过错
惟一的错是你真心爱我
令我今生今世无以承诺

原谅我，原谅我
太阳神给我戴上的枷锁
我无力解脱
我也永远不能以太阳的毁灭
倾听血淋淋的诉说

原谅我，原谅我
我不是爱你
也不是不爱你

1
9
9
1
.
2

风 景

冬天的时候

那一个雪白的世界

那一片雪白的白桦林

那一条雪白的小径

和那样一位风雪夜归人

是人们寂寞时

遥想于千里之外的

一种风景

这样的心境

岂是冬天独有呵

1991·冬

梦是一面美丽的镜子

1
9
9
2
.
1

梦是一面美丽的镜子
悲戚的或欢欣的
折射些许灿灿星辰
燃烧沉寂的思绪

梦里睁大的不只是洞穿
世事沧桑的眼睛
张开的不只是无形的
捕捞生活的情网
碰撞、扭曲、破碎总是
痛在心之最底层

活着，选择梦
梦便是一面美丽的镜子
一种美好的境地
美丽的人生从镜子出发
梳妆打扮后
又迈出家门

你走了以后

你走了以后
依窗而立的是我
瘦弱的身子和眼睛

阳光折窗而入
想象平平凡凡的尘世人海中
哪一个是我曾深爱过的
阳光下
渐行渐远的影子

你走了以后
我把美丽的爱情鱼
养活在生命里，任凭她
一辈子
游来游去

昨 天

1
9
9
2
.
6

昨天是一曲悠歌

令天下人

诉断衷肠

昨天是一些美丽的影子

是一座雕塑

有很高的审美价值

是一面镜子

对照着打扮梳妆

昨天是人为的果子

是一些酸甜苦乐

是一些悲欢离合

是一片变色叶子

从枝上轻轻飘落

昨天是一场大雪

覆盖了很厚很厚

昨天是一张蜘蛛网

粘着蝴蝶、尘埃或飞蛾

昨天是一只空酒瓶

倍显孤独

昨天是历史　是线装书

是一些结痂的往事

抚摸时　隐隐作痛

昨天是纪念碑

令人不远万里
携带花圈、眼泪和庄重
前去顶礼膜拜

1
9
9
2
.
6

今 天

1
9
9
2
.
6

今天是我们
就这样站立着

今天是一匹奔马
我们骑在马背上
吆喝喝穿过天涯
是一种旅行
一步一步脚踏实地
是一些摩肩擦背的细节
是走路不小心摔了一跤
又试着站起来
今天是一条河流
我们坠入其中奋力游着
碰到的是一些贝壳

今天是血与肉的交融
是播种
是收获
是高潮
是好人和坏人的世界

今天是一种存在形式
是居住的小屋
今天是我这一只手
是我手中的笔
是笔写在稿纸上的文字
是文字正在排列组合的一首诗

今天活着　活着真好
今天阳光明媚

1
9
9
2
.
6

明 天

1
9
9
2
.
6

明天是一种象征

永远昭示我们

活下去的勇气

明天是人生的下一站

是一种内在联系

于前方频频致意

明天是彼岸

朦胧或清晰

保持一定的距离

永远在水一方

明天是你走后

与归来之间

我殷切的期待

明天是一个日子

明天挂在日历上

明天伸手可及

当我们沉浸在睡梦中时

明天已睁大眼睛

昭示我们

醒来

门

门敞开或者关闭 1

门有形或者无形 9

作为门，这些都无关要紧 9

2

作为门 .

不在乎它的结构或形式 1

无论泥石与钢铁 0

无论肉体与心灵

作为门，总是你通向另一途径的

必经之地

无论有形或无形

无论敞开或关闭

对于门

智者选择这样的方式

在脚步迈出之前

灵魂就先于脚步

深入其内

这个日子阳光明媚

1
9
9
3
.
7

太阳跨过古老的钟楼
街上越来越多的行人
大大小小的百货店敞开着
有人进去有人出来

一对夫妇牵着独生子
每人手里拿着根泡泡糖
男男女女搂腰擦肩而过
阵阵香味馨人

遥远处，浓烟升腾
地上，流水淌过不停

这是一个早晨
这个日子阳光明媚
这个时候发生许多事情
这个时候，还有许多事情发生
你，
注没注意

春

我日夜马不停蹄

涉过千山万水

竟是为了与你分离么

跨过你的栅栏

千里之外

仍旧活在你的世界里

我们应该相距多远
山重水复也遮挡不住视线
我们应该相距多远
风风雨雨也能听清心弦震颤
我们应该相距多远
生生死死都能感受全部情怀
告诉我，亲爱的人呵
我们应该相距多远
只要心是越来越近
哪怕路越走越远……

呵，岁月是有情的花朵
还是无情的流水
多少年后，当我从远方而来
在茫茫人海中
即使你认不出我风干的模样
也会看见我不变的心肝

1
9
9
3
.
8

梅

1
9
9
3
·
8

想念梅
想念一株
叫做梅的花朵
和爱情

坐在夏日的深处
想念开在另一季节的梅
想梅的盛开和凋零
梅殷红的指甲
梅纤纤的身材
梅洁白的手臂
梅期待的眼神
梅怀揣的心事
梅悄然的泪滴……

想念梅
想念的理由
源自心底的渴望和热情
我的爱情是一双手
伸向另一季节
将梅轻轻握紧

梅，是我的风景
是一个人寂寞时
遥想于千里之外的
一株花朵
和爱情

瘦瘦的爱情

沿着一江春水   1

我已无路可行   9

你所有的真实和美丽   9

将渐渐离我远去   3

踏过花开花落   .

二十八步人生路   8

惟此九曲愁肠   .

令我忧郁成疾……   5

美梦一夕即逝
魂牵魄系的小桥流水
总是不易成真
而我则是西风下
打马与你擦肩而过的
流浪的人
风儿还未吹绿江南之岸
那刚刚伸展的叶子
却因你而凋零
我所向往的爱情呵
纯洁、美好　　一碰即碎

道路多么遥远
爱情多么湛蓝
多么想你伸出温情和美丽
拴住我的瘦马儿呀
还有什么能给我更多的欣慰呢
当你将我打落马下
吻去我心灵的荒凉

花与女人

1
9
9
4
.
1

女人想成为一朵花

花却装扮女人

花是女人的镜子

女人是花的影子

用花比喻女人

女人就美妙绝伦

把女人当作花

女人就总会凋谢

生活中懂得爱花

是一种需要

而懂得爱女人

是一种成熟一种富足

忏悔

久违的海棠珍爱的花果
我如何忏悔
那沉默的爱情
怎样遇你之后，却花开二度
洞穿时间的伤口
令我身心疼痛

平凡的岁月里
千般情怀万般心绪
风吹破浪打碎
都归于宁静与安详
怎耐不住一枚花果的撞击
碰破结茧的心
任时间之血自五指滑下

黑暗中我的手掌伸开来
挡不住闪烁的星星
我一生的光明和热情
除了这个夜晚
谁还能吮干我的血液
使我一夜之间苍白无力

给 你

1
9
9
4
.
1
1
.
2

高山陷落的时候
你不会陷落
群山之中
你是最高的山峰
山峰之上
你是惟一风景

大海枯竭的时候
你不会枯竭
百川之中
你是最深的河流
河流之中
我是终生的戏水人

生命终止的时候
你不会终止
一生一世
你就流在我的血管里
是我的灵魂

你的容颜
可以一天天老去
但在我心中
你总是四季如春
在我生命的草坪上
繁衍如绿

墓志铭
——自画像

生前这位瘦的诗人

死后将是一块墓地

其实，这个人

无论生前

抑或死后

就是那个

你在意料之外

想到的人

1
9
9
5
.
6
.
1
8

45

从什么看到黑夜

——答 S 兼致顾城

1
9
9
5
.
1
1
.
2
5

亲爱的人啊
从黑夜看到什么
（亲爱的，从黑夜看到眼睛）

亲爱的人啊
从眼睛看到什么
（亲爱的，从眼睛看到星星）

亲爱的人啊
从星星看到什么
（亲爱的，从星星看到太阳）

亲爱的人啊
从太阳看到什么
（亲爱的，从太阳看到光明）

亲爱的人啊
从光明看到什么
（亲爱的，从光明看到希望）

亲爱的人啊
从希望看到什么
（亲爱的，从希望看到生命）

亲爱的人啊
从生命看到什么
（亲爱的，从生命看到痛苦）

亲爱的人啊
从痛苦看到什么
（亲爱的，从痛苦看到爱情）

亲爱的人啊
从爱情看到什么
（亲爱的，从爱情看到死亡）

亲爱的人啊
从死亡看到什么
（亲爱的，从死亡看到诗人）

亲爱的人啊
从诗人看到什么
（亲爱的，从诗人看到我们）

亲爱的人啊
从我们看到什么
（亲爱的，从我们看到明天）

亲爱的人啊
从明天看到什么
（亲爱的，从明天看到黑夜）

亲爱的人啊
从黑夜看到什么
（亲爱的，从什么看到黑夜）

1
9
9
5
.
1
1
.
2
5

寄自西绦胡同 13 号西门

1
9
9
6
·
9

现在，我生活在这里
居住在西绦胡同
地址：13 号西门

我要告诉你们，我的故乡
我的父母我的朋友和兄弟
所有见面与未曾见面的
熟悉的名字，告诉你们
我居住的这座城市
正是你们所熟悉的名字
在每一个平平常常的日子
生活、劳动与写作
就是我每天重温的词汇

每一天的清晨
打开居室的窗户
我张开的双手
总是蒙不住诗扬嘹亮的歌声
亲爱的张，那晶莹的双眼
总会闪烁在身前身后
令我品味每一天生活的滋味
像每一个这样平常的日子
诗歌，一步步向我亲近

自然，我会接到你们的来信
熟悉或陌生的笔迹
常常令我感动不已
一个美好的祝愿一句亲密的叮咛

一种深厚的信任一样诚挚的热情
热烈、生动而又朴实的语言
促使我一遍又一遍地回信
告诉你们，地址：西绦胡同 1
请记住，13 号，西门 9

9

我这样繁琐地告诉你们 6
我的故乡我的朋友我的亲人
告诉你们
9
城市的天空总是多变
正如你们在电视预报中了解的
今天白天多云转阴
降水概率 10%
北转南风 2-3 级
最高气温 28 度
相对湿度 70%……

告诉你们
我的朋友我的亲人
过去与现在都很珍贵
像每一个这样平常的日子
我都在竭尽全力一遍又一遍地
重新学习生活和劳动
无论风霜雨雪或是阳光明媚
努力端正着自己写作的姿势

现在，生活在这里
我全部的财富，除了诗扬与张
还有心灵呵护的诗歌
如今我们安营扎寨
以立体的方式热爱这座城市

就像热爱着故乡的每一声鸟啼
与每一片向上生长的绿叶

在信中我只能告诉你们这些
每一天的日历都在翻新
岁月永远年轻
而青春开始老去
告诉你们，我的故乡
我的父母我的朋友和兄弟
所有见面与未曾见面的
熟悉的名字，告诉你们
你所关心的这个人
如今携妻带子生活在这里
这颗心，相隔千里万里
每一天，终将同你们
一起跳跃
永不曾停息

于北京旧鼓楼下

每一天

每一天的 24 小时

每一小时的 60 分钟

每一分钟的 60 秒

分分秒秒

都是我对你的思念

我的思念

沿着 60 秒的频率

向你接近

我的热情以 60 分钟的速度

成倍增长

对你的牵挂

从今往后

是我生命中的每一天

在每一天的每一小时

在每一分钟的每一秒

秒秒分分

都是爱的心跳

等　待

1
9
9
7
.
2

等待一只放飞的小鸟
等待一朵含苞的玫瑰
等待一只漂泊的小船
等待一位远行的归人
等待的方式
是海尔波普彗星
执着千年的轨迹

天空中的流星
是痴情者的等待
瞬间的火花擦亮一双
流泪的眼睛
夜晚的孤月
是忧郁者的等待
于梦里梦外痛苦的呓语

等待的过程
是鸟飞的过程
是花开的过程
是痛苦和欢乐的过程
是船和岸之间的距离
是岸边期待与招手的姿势

等待无所谓结果
没有结果的等待
是意念中的幸福
等待过才真爱过
等待过的人

才真正体味
什么是爱情

1
9
9
7
.
2

无　题

——致 Y

1

9

9

7

.

2

黑暗里

我们在一起

靠得很近很近

黎明的时候

我们却要

各奔东西

露 珠
——致 S

你是太阳的情人

只有光明

才配把你带走

茉 莉

1
9
9
7
.
6

六月里，茉莉花儿开了又谢
芬芳的花瓣，甜蜜的花蕊
从枝上摘下又在花市标价出卖
如今，在一只茶杯里
与我不期而遇，近在咫尺
醉人的芬芳已令我心游神离

夏日的空间充满着种种诱惑
金色的年代曝光感情的贫瘠
而我是一个不堪疲惫的旅人
为寻真情已涉千山万水
如今，是否将遭遇
一场相隔瓷杯的爱情
茉莉呵，我拙朴的双手
该如何小心地将你捧起
又将你轻轻放回杯里
茉莉，且让我握你在掌心

美丽的商品总是易于破碎
像瓷、水晶抑或首饰
往往在显眼处兜售或批发
对于它们，浪漫的诗人缺乏激情
我与它们常常擦肩而过
那些美丽的外表
却经不住真实的触击
虽然，即便伸一伸手
都可以将它们轻易地获取

公元 1997 年的夏天

独坐于西禅茶林

我面对着一只茶杯发愣

愚蠢的诗人啊，妄想

将全部的热情贯穿一只瓷器

让一朵茉莉花开二季

呵，这一年的夏天就这么过了

在六月里，在西禅茶林

茉莉啊，茉莉

你的花期

是我惟一放不下的心事

谁翻开这一天的日历

1
9
9
8
·
中
秋

谁翻开这一天的日历
谁是这一天的使者

谁从这一天的清晨匆匆走过
谁急于登高望远望穿云层
谁在云层下面背井离乡游移不定
谁像飘荡的风筝
渴望根的牵引

谁在这时放下手中一切
悄悄掐指盘算着归期
谁忽略了所有的事情
默默回顾着离乡的历程
谁记忆里储满相思
相思里刻满亲情

谁翻开这一天的日历
谁是这一天的守护者

谁说相思无边无际
谁说思念悠久绵长
谁恍惚听到家乡的斑鸠隐隐啼叫
谁依稀梦见故土的竹笋节节拔高
谁醒来伸手总握不住亲人的手臂
谁怀揣日历如同与亲人相依

谁坚守着这一个夜晚
谁拒绝着黎明的光临

谁把大地当成一张圆桌

谁将天空当作一幅背景

谁的眼睛如望乡的灯笼

思念如上升的明月

谁登上八月十五的高处

"举杯邀明月，对影成三人"

谁翻开这一天的日历

谁是最幸福的人

谁翻开这一天的日历

谁将它揣进怀里

鼓楼上空的鸟儿

1
9
9
8
.
1
0

鼓楼上空的鸟儿
你这个迷失方向的孩子
如此跌跌撞撞地进入了我的眼里
你忧郁的盘旋
划伤了一个行人的心

鼓楼上空的鸟儿
你翅膀下面的这座城市
没有树枝没有草坪
没有你的栖身之地
你回家的情景，此刻就要
写进我的诗里
愿你美丽的羽毛
别被风雨淋湿

鼓楼上空的鸟儿
你低头看见的这个行人
也是一个匆匆游子
在这座城市的天空和大地上
与你有着相同的经历
现在，黄昏就要来临
游子的心情
多么渴望像你一样
生出一双翅膀
就让你的飞翔把我的心带上

鼓楼上空的鸟儿
白昼即逝夜晚将临

请将最后的一抹黄昏
连同这座城市
扔进背后的黑暗里

1
9
9
8
.
1
0

和田玉

21
世
纪
初

1
9
8
4
—
2
0
2
0
祁
人
诗
选

世上再没有更轻松的事

钥匙插入锁孔的一刻
家就将你的手挽住了

轻轻地推开门
返身扣上门栓
顺手将公文包扔一边
这，已是回家的习惯

白日里，围着公文包转
包里装着身份
和这个时代的习俗
那么些无形的东西
总会令人丧失个性

只有当夜晚钻出公文包
卸去身上的种种头衔
甩开时代的种种尘埃
家，便让你活在自己的世界

将周身的衣服一件件脱下
就像除去一切沉重的东西
放松地躺在柔软的床上
家，便轻轻地覆盖上来

半梦半醒之间
想想世上
再没有比脱裤子更轻松的事了

掌心的风景

——给一唯

2
0
0
1
.
3
.
3
0

伸出手，你就是我掌上的风景
一颗掌心上惟一的痣
怎样统帅了一个人

我的蛇形的生命线正值旺盛
一生中的三十六年还很短暂
那么多的人生三昧需要体验
而事业线已越过了坡坡坎坎
千年的诗歌树将要花开枝头
哦，走在爱情线上，我仍永不后悔
经历过的每一次都是永远的初恋
而每一次新的开始我也会加倍珍惜
对于爱情，我永葆着天真诚挚与激情

仿佛前世今生注定
你的出现，如掌上的圆心
已锁定了我的一生
锁定我今生的三条命脉
令我的生命事业与爱情
从此别无选择

未来啊，始终变幻莫测
生活也将充满甜蜜与艰辛
只有你，我永远的一唯
一颗掌心上惟一的痣
将引领着生命事业和爱情
令我的掌心永远指向未来

因为你，这是惟一的理由
——只有因为你
我把自己的这只手掌紧紧捂着
永不与人握手！

2
0
0
1
.
3
.
3
0

赞美与歌唱

2
0
0
1
.
8
.
1
5

我赞美，赞美母亲，赞美她
赐予我生命，将我带到这个世界
令我的一生崇尚光明。我也将
赞美父亲，赞美他的血脉
使我秉承善良、正直与刚强

我赞美，赞美朋友和兄弟
赞美拼搏赞美汗水
赞美欢笑赞美奋进
赞美风霜雨雪赞美晴空万里
赞美漫漫人生路上亲密的手臂

我赞美，赞美爱人，也赞美孩子
赞美同甘共苦赞美相依为命
赞美苦难岁月里含苞的爱情与坚贞
赞美充满活力的希望与未来
赞美我血液和诗歌的传人

我赞美，赞美大地，赞美人民
正如一棵树赞美森林，我骄傲啊
我是龙子龙孙，是自豪的中国人
是浩浩荡荡十三亿分之一
堂堂正正顶天立地

我赞美，赞美我的祖国，赞美你
我生命中智慧与道德的核心
我的阳光、空气和水，我的盐与钙质
我赞美母语赞美汉字，也赞美诗歌与词汇

并以诗人的名义赞美与歌唱

我赞美与歌唱生命中感恩的一切
我因歌唱而来，并将歌唱到底
我是长江黄河的一朵浪花，我的赞美
永远朝着母亲的方向，我的歌唱
永远为祖国而澎湃

2001.8.15

酒鬼箴言

2
0
0
2
.
9
.
9

我饮下一杯酒
整个世界
就将随着我旋转

天上的星星们
快跳进碗里来
月球上的嫦娥
也走不出视线

哦，我的爱人啊
永远的
快回到怀里来

我说啊，说着
千万种事物
从黑夜里醒来

永远的天使
——献给"5·12"国际护士节

像一把盛开的雨伞
撑起一片诗意的天空
似一盏闪烁的航标灯
牵引着生命的方舟

你以血肉之躯阻挡病魔
轻盈的脚步如无声的子弹
雪白的制服似高贵的甲胄
你是战士，永远为生命守护

在生与死的最前线
你坚定的身影似闪电之剑
我听到 SARS 无奈的呻吟
仿佛一切病魔沉重的叹息

愿生命永远与你同行
你的身后是森林般的手臂
我知道魔鬼终将消灭
你是天使，永远无比美丽

于"非典"时期

爱 情

2
0
0
3
.
1
1

我想把春天送给你
春天已在路上马不停蹄
我想把四季送给你
四季已在大地上开始轮回
我想将大地连同万物
毫无保留地送给你
这个时刻，万物
开始苏醒

我想把月亮送给你
月亮已悄悄地爬上来
我想把星星送给你
星星已挂满了天庭
我想将天空连同宇宙
一起送给你
这个时候，宇宙
开始律动

让我把花朵和露珠送给你
让我把阳光和明天送给你
最终，我还将送给你
我眼里和心里的一切
连同我的身体和灵魂
这个时刻，我的生命里
正在生长着一个词汇
叫作

    爱情

金蝉颂

春天刚刚离去，夏已悄悄临近
一只金蝉，夜色中的金蝉
为爱已破茧而生

树上的金蝉，高处的金蝉
还没有飞翔，尚不会歌唱
却目睹了爱情的发生
成为幸福的使者

天上的星辰可以作证
河里的鱼儿可以作证
飘逸的杨柳可以作证
忙碌的蚂蚁可以作证
甚至，连风儿也曾隐约偷听

我相信金蝉将心有灵犀
因为最高的飞翔不用翅膀
因为最美的歌唱不用声音
因为最真的幸福无需语言
因为爱已从这条小路延伸
如金蝉沿着小路飞向将来
美丽的金蝉，脱壳之后……
爱已在夜色之中沉醉

在每一个向晚和黎明
我仿佛看见，生生不息的大地上
从此繁衍着千万只金蝉
它们仿佛就埋伏在这座城市

在每一个路口，在万水千山
证明我和你的爱直到永远

2
0
0
4
.
7
.
1
8

蓝印花布

像一扇记忆的大门
有外婆头上的方巾
有母亲腰间的围裙
还有儿时的小手绢
系着挥之不去的童年

蓝印花布的背面
是黄豆发芽的声音
是花儿开放的芬芳
是染墨陈年的佳酿
多少青春都随时光老去
蓝色却是永远的年轻

假如世上有最轻的东西
比如手中的蓝印花布扇面
轻轻动摇，指间滑过的风
就永远也找不到痕迹

但我更愿相信它的重量千钧
那古老的岁月栖息其中
而更重的是一个民族的历史
和它一样地永不褪色

于江苏南通

方 向

2005.9

我相信道路有两个方向
一个是前方，一个是后方
当你走进我的人生
从此你便是惟一的方向
永远在我的前方闪亮

我相信生活有两个方向
一个是现实，一个是梦境
你闯入我真实的生活中
又占据了全部的梦境

我相信时间有两个方向
一个是昨天，一个是明天
而你站在中间
给我的今天掀起波澜
为时间编织爱的花环

我相信生的方向就是死亡
而你是我生命的方舟与太阳
即使一生走在风雨的路上
我也将微笑着面向死亡

油 画
——赠柯尔克孜族姑娘阿依达

你似一幅浓妆淡抹的油画
美丽的容貌像诗篇一样
把名字镶"在月亮之上"

我要为你献上一首赞美诗
却找不出一句
比"阿依达"*更绝妙的词汇

当我请教一位美丽的姑娘
她却梦想做画中的阿依达
成为一位挥舞牧鞭的女郎

于新疆

* "阿依达"意为
"在月亮之上"

2005.10

天　涯

2
0
0
5
.
1
0

那些动人的歌声
仿佛还在心中回旋
优美的记忆似在眼前
帕米尔啊，那是天涯的
另一种延伸

永远的天涯
是一种永恒的高度——
像帕米尔升起的
那一轮永远不落的太阳

于帕米尔高原

一生的寻找

我一生都在寻找这样的地方
它可能是一座山峰一条江河
或者是一片草原一个湖泊
甚至是一个村庄或一个人的名字

如果是山峰就要有挺拔的品格
如果是江河就要有敞开的胸怀
如果是草原就要有宁静的气质
如果是湖泊就要有深刻的思想
如果是村庄一定要居住着诗人
如果是诗人就一定浪漫可爱
她美丽、纯洁、聪慧而不献媚
如今，我寻找到的这个地方
却是一座城市的名字，叫作海宁

是海宁，就飘忽着徐志摩的一片云彩
是云彩，就荡漾着陆小曼浪漫的清波
是清波，就酝酿着王国维大师的学问
是学问，就传承着深厚的文化与修辞
是修辞，就映衬着金庸的武侠与江湖
是江湖，就挥舞着闪闪烁烁的盐官刀
是盐官刀，就背负着沧桑不老的岁月
是岁月，就显现着皮影戏的历史
是历史，就掩映着唱戏女郎的优美
是优美，就仿佛穆旦的一首诗歌
是诗歌，就像一线奔腾的钱塘潮
由远而近，撞击着我的眼睛和心灵
是眼睛和心灵，告诉我，它是海宁

我一直坚守着爱的忠诚，可是

我要勇敢地坦白——

亲爱的朋友，在这些日子里

我曾梦想化作一线钱塘潮

枕着海宁的名字

睡在徐志摩的一片云上

不愿醒来

和田玉
——献给母亲与新娘

当我穿越帕米尔高原
看见一只普通的和田玉
是那么地像母亲的眼睛
她的纯粹、内蕴和温润
令我怀想起遥远的故乡
想起故乡的天空下
那一丝母亲的牵挂

今生，我无法变成一棵树
在故乡永远站立在母亲身旁
当我走出南疆的戈壁与沙漠
为母亲献上这一只玉镯
朴素的玉石，如无言的诗句
就绽开在母亲的手心

如今，母亲将玉镯
戴在一个女孩的手腕
温润的玉镯辉映着母亲的笑颜
一圈圈地开放在我的眼前
戴玉镯的女孩
成了我的新娘

为什么叫作新娘？
新娘啊，是母亲将全部的爱
变做妻子的模样
从此陪伴在我的身旁

最 美

——情人节写给梅梅

2
0
0
7
.
2
.
1
4

简单的生活
其实就是这般模样

日子
是由这样一些元素组成
比如日本酱油、泰国辣椒
比如澳洲龙虾、美国黑牛
比如青菜、白菜
比如油麦菜……
一样的锅碗瓢盆
不一样的人间百味

你如此小心翼翼地
将它们一一清洗打理
一片一片放进沸腾的生活
又一片一片热腾腾地捞起
一半放在我面前
一半留给你自己

我一口一口地品
一点一点地消化
心中默念幸福的词汇
你留给自己碗里的
叫作甜蜜
你放在我碗里的
叫作爱情

这是情人节的日子

在西直门外在澳门豆捞

不知是沸腾的生活

还是甜蜜的爱情

令我的眼睛里有了一些湿润

但我知道，这个日子

坐在我对面的这个女人

在我的眼里

最

美

2
0
0
7
.
2
.
1
4

遗 书

2
0
0
7
.
1
2

我已将青春写进诗里
我已将欢乐写进诗里
我已将爱情写进诗里
我已将生命写进诗里
我献给你的这一首诗
终将贯穿我的生命
一如爱情的终结

我手中的笔是灵魂的枝桠
写下的文字是心灵的绿叶
我们的爱情便巢筑其间
秋风改变不了它的颜色
冬雪埋葬不了它的温暖
而春天，已然迎面而来

倘若终有一天，假如我死去
我的爱人啊，你不要悲伤也别哭泣
请从这一首诗中走下来
将这些诗句，抛向空中
让我的灵魂随你轻轻起舞
假如我将客死异乡，我的爱人
请带上这一首诗，犹如带着我的身体
你且风雨兼程，赶往我的故乡
回到我出生的那间小屋
默默地念这一首诗，读这些句子
然后将这些文字一个一个地撕碎
就像把我的身体埋进故乡的土地

我所挚爱而深情的土地啊
它将告诉你，我的爱人
我这辈子诞生与死亡的目的
全都写进了这一首诗里

2
0
0
7
.
1
2

祖　国
——献给抗震救灾一线官兵

2
0
0
8
.
5
.
2
2
.
晨

从小到大
我一直梦想着成为军人
每一天，我都在练习着
射击

我一生的爱恨情仇
我一世的生死苦乐
如丘比特之箭
箭头，刻着爱
靶心是，——祖国
在生命的每时每刻
一次一次地
发射

如果我老了
四肢无力
跪着或躺着
身体，仍朝着你的方向
前进

祖国啊
当我倒下了

像发完一支支的箭羽后
弓，将留在原地

永恒地
待命

率"中国诗人抗震救灾志愿团"出发之日

2

0

0

8

.

5

.

2

2

.

晨

志愿者

成都火车东站是全国抗震救灾物流中心，有来自全国各地的志愿者在这里充当装卸搬运工，有服装统一的高山救援队，有我们的诗人志愿团，而更多的是不留名字的个人志愿者，在红十字会等机构的统筹安排下，从事着各项志愿者工作。

没有太多豪言壮语
没有瞻前顾后的犹豫
有家人的壮行酒
也有悄悄的出行

乘坐飞机而来
开着汽车而来
甚至，徒步长途跋涉而来
黄皮肤的中国队列里
有黑种人白种人的加入

时间不分先后
干活无论早晚
在火车站或客运站
在学校或医院
有富翁也有学生
有农民也有诗人
有打工仔也有公务员

抢着干最重的活
争着流最多的汗
累，谁都心甘情愿

吃饭，争着掏自己腰包
住宿，无论陌生与熟悉
谁的呼噜最响
都是最好的催眠

性别不分男女
年龄不分界限
在抗震救灾的一线
在成都、都江堰
在汶川、北川，乃至
祖国大地，在每一个抗震救灾的
前线与后方，有一个共同的名字
叫作——
志愿者

多么朴素的称号，志愿者
在这源源不断的队列里
有他、有我、有你……

　　于成都

2008.5.24

89

荷花池

5月24日中午，与成都市妇联主席王进约定第二天去看望彭州灾区的儿童。中午一点在火车东站干完装卸物资的工作，我和王明韵、周占林顾不上吃饭立即赶到成都荷花池市场，为灾区的孩子们选购书包和文具。

作为诗人我从没想过会来到这里
没想过会走进荷花池
会在这里转上一两个小时
会为了选购书包和文具
将自己的眼睛睁得大大的
我怕错过所有与孩子们相关的东西
怕错过最洁白的纸张最精致的文具
怕错过最柔软的橡皮擦最鲜艳的蜡笔
我要将所有的东西与爱都抱在怀里
我要赶往灾区去和孩子们赴一次生死相约

我要选一百个最美丽的书包
让孩子们装下全世界的希望
选一百个最好的文具盒
让孩子们盛满五颜六色的理想
我要选一百个最耐用的橡皮擦
让孩子们擦去阴影和忧伤
选一百盒最好的水彩笔
让孩子们画出百分之百的微笑
选一千支铅笔让孩子们写一千个愿望
选一千本写字本让孩子们写下一千零一页
关于爱的故事……

盛大的荷花池呵，我的行囊太小
我的心很大。这些还不够啊，真的不够
还有那么多孩子们需要的东西，我搬不动
也拿不走。可是没关系的，亲爱的孩子们
下次我还会再来荷花池，我一定能够做得到

我要将自己的双手伸得长些再长些
我要让爱放大，让荷花池变小
我要用我的行囊装下整个荷花池
我要把它背在身上，走遍所有的灾区
我要把它放在灾区所有的孩子跟前
我要看着孩子们开开心心地，在家一样
在荷花池选择自己喜爱的一切

　　于成都

2
0
0
8
.
5
.
2
4

微 笑

2
0
0
8
.
5
.
2
5

为了躲避余震，灾区的帐篷大多建在公路两旁平整的麦地上。每当下雨，帐篷四周就形成水洼。在彭州市小鱼洞灾区，一个七八岁的小姑娘得到我给她的一盒水彩笔后兴奋地往回跑，脚下一滑便扑倒在泥沟里。我将她扶起来擦去脸上的泥垢，小姑娘却冲着我天真一笑："谢谢叔叔！"她又飞快地跑了……那一瞬间，眼泪混着雨水迷蒙了我的双眼……

——题记

原谅我没有记住你的名字
亲爱的小姑娘，你才七八岁
你跌倒在泥沟中的样子
让叔叔的心已碎

我将你扶起来，见你
一脸的泥浆和稚气
我不敢看你的眼睛
怕你纯真的眼神
看破叔叔柔软的心

亲爱的小姑娘，原谅叔叔吧
我只记住你的微笑
和那一声清脆的"谢谢"
你喊出的每一个字
让雨水都化作叔叔的泪

亲爱的小姑娘，你跑慢一些
你不用那么快，也不必担心
还有很多的叔叔在路上

带来很多的书包和文具
还有彩色的小蜡笔

原谅我没有记住你的名字
亲爱的小姑娘，你的笑好美
定格在叔叔的记忆里
你摔的这一跤和破涕的一笑
令风停了雨住了太阳出来了

2008.5.25

生死之恋

2008.5.26

在地震中痛失妻子的某男子,用绳子将妻子的尸体绑在自己的背上,送她去太平间。在极大悲痛的折磨中,他努力要给予自己的妻子死后些许的尊严。

无论天空怎样乌云密布
无论大地多么摇晃破碎
你以爱的双肩托起誓言
使一条生死之旅
盛开一路红红的玫瑰

因为爱,死亡便不会变得冰冷
你带着爱人穿过废墟穿过瓦砾
你和爱神一同走过生一同走向死
爱的世界就丰富了尊严与神圣

我相信世界因为爱而美丽
瞬息千载,永恒一刻
你的坚贞不渝是爱的真谛
令死亡也变得神圣而高贵

于绵竹

在国歌声中成长

在重灾区都江堰流传着这样一个故事，9 岁的许中政是都江堰市新建小学 3 年级学生，在地震中被埋后，于黑暗里，为了给同学们壮胆，小中政带头唱起了国歌，孩子们在一遍一遍的国歌声中，等到了救援人员……

是什么湿润了我的双眼
是什么让我的心底涌起热流
恶魔压迫下的孩子呀
你以九岁稚嫩的喉咙
在黑暗里，发出坚强的吼声

那是我们高亢的国歌啊
是中国人民踏着节拍勇往直前的旋律
是一个民族英勇顽强坚韧不屈的意志
啊，雄壮的《义勇军进行曲》
穿过黑暗，穿过废墟
穿透钢筋水泥
穿过铜墙铁壁
你引领着黎明的到来
令死神望而却步
让阳光普照大地……

我赞美那悠扬的旋律
赞美那稚嫩的童音
那废墟下永不消失的国歌声
在我的心底久久地萦回

2008 年 5 月 12 日

一场大地震之后

在灾难和死亡的边缘

一个九岁的

中国孩子

以他嘹亮的国歌声

向世界证明

中国的未来

在国歌声中茁壮成长……

于成都

天上的宝石 *
——献给"5·12"汶川大地震遇难者

* 该诗镌刻在
四川什邡"5·12"
地震诗歌墙

所有失去的亲人都是天上的宝石
在人世间曾陪伴我们走过一程
自那一刻山崩地裂悄然而去
那是上天将自己的宝石收回
化作繁星，闪耀在天宇

让我们感谢上天的恩赐
那些离去的亲人啊
那天上美丽的繁星
已将温暖留在我们心中
照耀人们一代又一代
永远坚强地活着

我们都是天上的宝石
终有一天也将由上天带走
假如某一天突然离去
我的父老乡亲我的姐妹兄弟
请擦干泪水，不要哭泣

我们都是天上的宝石
在人世间彼此传递着温暖和勇气
看那一颗一颗闪烁的星星啊
如一张张亲人的笑脸
在天上人间，与我们永生永世
从不曾分离

于成都

2
0
0
8
.
5
.
2
8

窗 外
——写给第 29 届奥运会

窗外，这是我每天必然打开的
一个词汇
在家中，远处的风光由远而近
自东往西远眺，是鸟巢
是第 29 届奥运主会场
是世界注目的焦点
我在距离世界的中心
大约两公里的地方，打开窗户
每一天，我就这样向着窗外
向着远处
行一个诗人的注目礼

是的，鸟巢
在一轮灿烂的阳光下
在我一年 365 天的注目中
一点一点地长大着
像我心中正在强盛起来的
——祖国

是的，祖国——
一个庄严的词汇
在我的唇齿间
温暖地跳跃

每天，我在鸟巢两公里的东方
看日升日落
心中默念着 8 月 8 日晚 8 时正

我是一个虔诚的缪斯信徒
盼望着那美好的时刻
我期待着世界各国人民
在那一天，在我的祖国
参加一场欢乐盛大的 party

马语者

——写给祥云的云

2
0
0
8
.
1
1
.
3

我见过许多地方的云
却没有哪一朵，像你
离我这么近

太阳升起又落下
天空清晰而迷离
从黎明到黄昏
云啊，我无法肯定
你是如何从眼前
悄无声息地
飘进了我的心里

一条驿道悠久而遥远
由一粒粒碎石踩为历史
从远古延伸至今
谁看见它的起点
谁知道终点在哪里
只有云啊，从未改变过自己
它从何处来又向何处去
保持着永恒的青春与美丽

在云之南，在彩云的故乡
我只是一位孤独的旅人
蹒跚地行走着
走在岁月的长河中
走进 2008 年 10 月的祥云

云，因为你的美丽
我已丢失了胸前的缰绳
像一匹瘦弱的野马
在皎洁的月光下奔跑着
追逐一朵云
像是追赶着一生的主人

云啊，我愿意是一匹瘦马
将一生随你去流放

云，是真正的牵马者
牵引着
我忐忑的
心

五月芳菲

——写在都江堰幸福家园安置点

幸福家园是都江堰市首批震后安置点之一，这里居住着大约六千名都江堰市的受灾群众。春天来临之际，一对新人在这里喜结良缘，诗人们走进这里，即刻感受到这个大家庭的温暖。

五月里，芳草菲菲，我们不谈地震不谈灾难
就让我们谈一谈地震与灾难之后
无数陌生的面孔相聚一起的感动与温暖
每一天，太阳都照常升起又落下
都江堰水渠日夜不停，灌溉着脚下的土地

这一年里，日子因大地的变化而贫瘠
人们，仍像往常一样日升而起日落而息
同一片天空下，失去的又何曾全部失去？
许多没了爹娘的孩子身旁有更多的守护者
失去姐妹弟兄者相拥着成为兄弟姐妹
365个日子啊，一样的酸甜苦辣咸

便民店、小卖部，大米油盐和酱醋茶
一日三餐，或浓或淡，总要一代代薪火相传
你听你听，那一对新婚夫妇甜蜜的呢喃耳语
在冬夜里，传遍一座座板房传遍一个个心田
于是关于春天与爱情关于幸福与未来的消息
被美丽的喜鹊，在黎明时分挂上房屋衣架

这是芳菲的五月，诗人的来临与喜讯迎面相撞
美丽的喜鹊啊，我愿意是幸福家园一名编外的居民

在我刚刚迈进家门的一刻，关于幸福村的故事
犹如迎面而来的春天，将一路上盛开的桃花点燃

2
0
0
9
.
5
.
1
2

在青海湖畔
——给梅梅

2
0
0
9
.
1
1

那时，我在蓝天的映衬下
抓拍一些青海湖的风景
那时，我在洁白的浪花中
探视那深不可测的湖底

那时，一位遛狗的姑娘朝我走过来
她牵着的大黑狗眼放光芒
是不是在目不转睛地盯着我啊
那时，小姑娘的一阵欢笑声
像草原上一串清脆的铃铛
嘿嘿，大黑它盯着湖上的小鱼儿呢

那时，油菜花开满了青海湖畔
一望无际的，直看得人心空荡
那时，游人们走来走去淹没在视线里
我放下相机，躺在湖边的草地上

那时，我想将美丽的湖水
变成一行行湛蓝的诗句
将邮戳换成一朵油菜花
将我的思念别在明信片上
寄给远方的你

十一月一日的雪

——给诗然

这是我见过的最早的一场雪
十七年来北方最美的雪花
在北苑路的早晨，意外地飘落
犹如你的降生，给父亲
一个生命中意外的惊喜

最早的雪，落在了 2009 年的深秋
最美的雪花，飘在你出生后的日子
哦，那些雪花的快乐啊
来自于徐志摩的笔下
我的快乐，是赋予你
孩子，血脉的传人

弥漫在 11 月 1 日的一场雪
千万朵轻柔的雪花
漫天飞舞，快乐地飞舞
你伸开小手，想要抓住
这些洁白的精灵吗
就像我伸出的双手
在 2009 年 3 月 16 日接住你
你这个小天使啊，像雪花
轻轻地坠落下来
瞬间覆盖了我的生命

破 坏
——给诗然

翻开一页，你撕掉
又翻开一页，你撕掉
我一页页地翻
你一页页地撕
厚厚的一整本书呀
一本关于地理的书籍
被你破坏了

我为你读过上面的文字
有山川、湖泊
有森林、草原
有飞鸟、鱼虫
你听着或许还听不懂
但你一定看见父亲的嘴巴
曾经一张一合，为你
打开语言的门扉

孩子，我是不介意
你将这本书撕破的
纸张终究会化为灰烬
不是被燃烧
就是被岁月腐蚀
纸张的命运，注定
没有上面的文字长久

孩子，你与生俱来的能力
正是父亲将要教会你的词汇

你撕碎纸张的动作，叫作"破坏"
我爱你这纯粹的破坏性动作
撕就撕掉了吧，孩子
破就破坏了吧，孩子

以后，你读到这一首诗
你该知道在婴儿时代
曾经将一本厚重的书
轻而易举地撕破

重要的是，孩子
你懂事以后
该明白，世上的真理
不在纸上，不会从书中走下来
就像命运，永远在脚下
靠你自己去迈步

青稞酒令

2
0
0
9
.
1
2
.
1
7

假如，喜欢一个人
何不对酒当歌
酒后吐真言
将爱慕表露

假如，想念一个人
何不自斟自饮
将满怀思念
化作汩汩酒香
醉在心里头

假如，缅怀一个人
何不斟满
浓浓的青稞酒
滋润芬芳的泥土

朋友，亲爱的朋友
假如，今朝有缘天佑德
何不高举起酒杯
碰响一生的豪情
饮尽一世的风流

于青海互助

感 恩

21
世
纪
10
年
代

1
9
8
4
—
2
0
2
0
祁
人
诗
选

黄昏的诵经者

在金黄色的帷帐前
我看见身披袈裟的年轻僧人
手捧经书，喃喃诵读
在他的吟诵下，夕阳映照出
一道金黄的色泽
这情景令我想到一个词汇：
赞美

在这片满目疮痍的废墟中
我赞美这受难的土地上
所有坚韧的生命
赞美钢筋混凝土中
那些肩扛手扒的搜寻者
赞美 56 个民族的大家园
在灾难面前呈现的空前凝聚力

我赞美这天空和大地
赞美草原与湖泊
赞美牛羊和马群
赞美我的诗人兄弟们
那一双双诗性的眼睛
在这土地上传播着真善美
我赞美金色的黄昏
赞美黄昏中泰然的诵经者
赞美他吟诵着的经文
与天地万物融为一体
成为我赞美的一个部分

2010.4.26

这是震后的春天
我眼里的玉树没有冰霜雨雪
只有这样一些令我心灵微微一颤
的细节
使我禁不住要轻轻地
说出感动，说出对于这个世界的
爱
和赞美

于青海玉树结古镇

灯罩

一座旧台灯
已经置放二十多年
灯罩上
岁月的痕迹
是一层
厚厚的尘埃

不是每一样东西
都需要更新
并非每一种事物
必须被新的取代
也不是每一种记忆
都会被时间洗白

无数次捧起台灯
高高举起，又轻轻放下
我屏住呼吸，静静地
感觉湍急的血液万马奔腾
感觉震动的尘埃下，灯罩
像一张熟悉的脸
美丽而深深地
将我掩埋

仰望黄鹤楼

2
0
1
0
.
8

我是古往今来
万千旅者之一
乘历史之舟
沿大江之水
顺流至江城
我的渺小
犹如大地上一只蚂蚁
只能以虔诚的姿势
仰望着你

仰望黄鹤楼
比楼阁高远的黄鹤
早已消失踪迹
比黄鹤高远的崔颢
曾题诗在上头
比崔颢高远的李白
仅留一声太息
而比李白高远的历史
如萦绕在黄鹤楼上空
那千载悠悠的白云
卷起一圈圈的涟漪
在我的眼前
升腾着
挥之不去

走过江城
走过黄鹤楼
一圈一圈升腾的白云

犹如失踪的黄鹤

扇动着悠悠的翅膀

在我的旅途上

永不安分地

带着一颗驿动的心

漫

   天

     游

      去

    于黄鹤楼

在孙文路上想起孙中山

2
0
1
1
.
4

从未有一条道路这么的宽广
由一条街贯穿一座城市
由一座城市延伸到世界各地
犹如一个人的足迹，走过的地方
成就一条大道，而中华大地
有亿万龙的传人，前赴后继

这是在中山，在一条孙文路步行街
与北京上海南京乃至世界各地的
所有中山路，缘自同一个人的名字

是的，走在孙文路上
自然想到了孙中山
想到一个人的名字由孙文到孙中山
需要怎样的热血肝胆
想到一个伟人的诞生
需要多少磨难、艰辛与炼狱
想到一个城市
与四百多条同名的街巷之间
有一个怎样的数学方程式

在中山，走在石岐
漫步于孙文路步行街
仿佛置身历史的回廊
隐约传来一句振聋发聩的声音
穿越时空，回荡在一条条中山路上
烙下一行 "天下为公" 的印记

在佛山

在佛山，春天是一帖请柬
正月里随春风发出
有一声张况式的召唤
吹拂了江北江南
使一群诗人于龙塘雅集
登台吟诗，酣畅淋漓
挥毫书法，凤舞龙飞
将一个浓浓的春意
送往更绿的枝头
送向更多的人群

在佛山，正月十五很特别
红男绿女一个个携手并行
汇聚成为一行行的雁阵
兴高采烈走往同一个地方
秩序井然迈向同一座桥梁
万众一心默念同一个词汇
乃心向往之的
行通济

在佛山，诗歌万里行
走进了百万人的慈善行列
犹如走进一个永恒的时刻
在佛山，行通济诗万里
一个个诗意盎然激情如山
在佛山，诗人行通济
一行行源自心底的诗情
句句

成
佛珠

2
0
1
2
.
2
.
6

在佛山 行通济

感慨一座城市
一群群东西南北来来往往的人
同一天祈求同一个愿望
同一个动作向着同一个地方
走向一座称为
通济的
桥

当身临其境
在正月十五的这一天
与百万人群"行通济"
我也同样成为
一个幸运者

我终于明白
这一天怎么会人山人海
陌生的或熟悉的面孔
都与人为善
都慈悲为怀
数百年来，如此绵延不断

行通济呵
没有演员没有观众
只有一波一波兴致勃勃的人潮
汇聚成了此起彼伏的山

有多少放不下的心事啊

行通济，放下者
也便成了佛

2
0
1
2
.
2
.
6

千年如来

旭水河畔，东山之巅，
谁的眼睛洞穿世界？
你的爱是无边的法力与生俱来，
从荣州到九州，你是我的如来，
我一生的方向，一千年的期待。
你的名字是我浪迹天涯
永不泯灭的崇拜，
从过去到现在，
是我今生今世的如来。

岁月悠长，人生苦短，
谁能躲过世事沧桑？
我的梦是无畏的追求永不改变，
从荣州到九州，你是我的故乡，
我生命的魂魄，一辈子的关怀，
你的名字是我走遍世界，
坚持不懈的真爱，
从人间到天堂，
是我永生永世的如来。

在三角镇，种下三角恋

2014.3.12

一个特殊的日子
永远定格在 3 月 12 日
甚至，一个月以后
我还在遥望着三角镇

那个植树节的日子
诗人们在三角镇
种植了一排排树苗
也留下深深浅浅的脚印

三月里，小雨一直淅淅沥沥
三角的小雨，也淋湿了诗人的心
我们走进三月的小雨里
种下了树苗，也种下
一行一行的相思

三月的相思，情最深
深在对三角新的认知
三月的相思，情最浓
浓在对三角镇的不舍
三月的相思，情最重
重在对三角人的感恩

走过三月，告别三角
一路上诗人们异口同声
都说在三角镇患上了三角恋
恋故乡恋家人
还增添了对三角的一分眷顾

而我仿佛沉默无语

其实啊

在这场三角恋里

我是陷得最深的一位

2

0

1

4

.

3

.

1

2

感 恩
——有赠

2
0
1
5
.
1
1
.
2
6

昨夜赴约，品 7+2 原浆酒，醉眼蒙眬而归。晨起，小记于此。

所有去过的地方
都是好地方
哪怕多偏远哪怕多凶险
总有最美的角度
构成眼中最美的风景

所有相识的人
都是值得遇见的
无所谓好人无所谓坏人
那一次一次的遇见
就丰富了短暂的今生

其实，这世上
原本没有什么哀怨
更无需彼此仇恨
许许多多的雨雪风霜
都是轻飘飘的
爱将抚平所有岁月的伤痕

世间最珍贵的是
在相见中或正离别
不必说爱你，也不说不爱你
只需摸摸自己的胸膛
默默地深深地感恩

用写诗的右手喝茅台美酒

写下标题，我自己就先笑了

我还说啥呢，其实谁都知道的

当你走进茅台镇，在这里

就会闻到浓郁的酱香扑鼻而来

就会沉迷于酒香的空气中

听一听汩汩流淌的赤水河

连声音都是那么纯净与甜润

我还说啥呢，流连于街头河畔

就被数千家酒酿作坊黏住脚步

就像一个盲人，不需要眼睛

也不需要拐杖，就能嗅觉到目标

于是感觉胃在蠕动，有一种饥饿感

于是觉得舌根生津，陡添一丝欲望

于是有一种内心的渴望想要喊出来：

尝尝，尝一尝，我且尝一尝

我能说啥，这样说着说着，自己又笑了

我是个饮者，正如李白之曰"惟有饮者留其名"

而我不想官场留名不想商场留名不想情场留名

我只为喝好酒留名为交好友留名为写好诗留名

我已将五十年人生三十年载青春赤裸裸地活过

我愿为美酒从南喝到北从东喝到西从中国喝到外国

我也愿将啤酒喝干将黄酒红酒喝透将白酒喝遍

我不在乎那一次次醉如酒中仙一醉就是醉一天

我也不怕醉倒后那每一次睡去都像死去一回

我相信总有最佳诗句最醇酒香最美真情将生命唤醒

醒来我仍将用写诗的右手端茅台美酒交子期好友

2015.12.22

于是一次次睡去醒来一次次死去又重生的轮回里
一点点品味人生如诗情义如酒真情最美的生活

2
0
1
5
.
1
2
.
2

我还能说啥呢，一个写诗者，有什么可怕
我愿永远将左手摸胸口将右手拿笔端酒交友
而右手只好好写诗好好端酒也只握好人的手
我从不怕起风不怕天黑不怕摔倒也从不后悔
我还能说啥呢，一个饮者，非要说怕
要说怕就是最怕喝假酒，喝假酒伤肝更伤心呐
看看咱五十年肉身三十年酒龄的肝和胆
早已练就一身检验酒品的本领
要说是不是好酒咱就摸摸自己头痛还是不头痛
我还能说啥呢，关于诗或者关于酒
是那一次次豪饮练就气吞山河的魂魄
是那一次次沉醉敞开了拥抱大地的心胸
那一次次醉倒醒来便是星光灿灿朋友天下
便是足下有路豪情满怀便是诗行万里五洲四海

我还能再说啥呢，哈哈，差点儿忘了正在茅台
纵有千般思绪万般慨叹且在酒香中感怀
来来来呀，在茅台咱就要高举起酒杯来
斟满一杯杯美酒，数一数茅台国台玉台众品牌
每一个都是好酒连台，每一台都盛满茅台情怀
我就想喝赤水河的甘甜承载天地精华日月星辰
我就要一饮而尽这一杯杯醉美茅台的诗情
我还能再说啥呢，第一次到来却早已熟悉茅台
我虽然是 2015 年 10 月的一位过客
但我来了并未想过要离开，我说啊
我想抚摸那些酿酒人的手再摸摸自己拿笔的手
酿制的都是真善美流淌的都是浸润人心的甘露

我还说啥呢，这不是呓语是醉美了的心声
我不愿离开也从未离开茅台，瞧瞧我正邀友喝茅台
且让我伸出右手举杯邀月对友豪言：
"……来来来，兄弟姐妹们一起敞开胸怀喝茅台
茅台不打头嘛，哪怕咱醉倒在家门口……"

我正说着呢，说着说着只觉得眼冒金星
不是茅台打头哇，是孩儿他妈那一只敲脑门的手
耳旁，隐约传来一句熟悉的呵斥声：
"茅台不打头，茅台不打头
好酒，也不能贪杯呀！！"

酒后，于京城雾霾之云开雾散后

127

活着的沉香

2
0
1
6
.
1
.
2

一块枯木放在我的眼前
像观看一棵树生和死的展览
它坦然地呈现着，看见它
我仿佛看见前世今生的自己
就像看见自己丑陋的生命
瞬间，令我羞愧满面

我和它有过一样的阳光露珠
也经历过它一样的雪雨风霜
所有的刀砍斧锯都烙在身上
诸如伤风感冒
诸如病菌瘟疫
曾一次次侵蚀着身体
而永无休止的欲望
像各种美味的食物
像各类妖艳的美色
一次次将残存的灵魂勾引……
还有一些抹不开的面子
一切所谓的骄傲与荣誉
以及漫无边际的利益
一日一日地蚕食着肉身
却终将在某一天
令这一身皮囊
轰然
倾倒

甚至，可能还来不及经历这些
也许一把尖刀来自某处

就突然将生命刺进休止符
也许走在路上就被一股飓风
像一棵小草般被镰刀收割
也许手上还未翻完一本书
就在塌陷的地铁里被埋葬
或者一枚来自外空的导弹
莫名其妙偏离了坐标
突然在身边爆炸
而思想来不及准备
一具肉身
就瞬间灰飞烟灭
无踪无影

而我，还未说出爱
还未亲吻我的妻儿
还未拥抱我的兄弟
还未抚摸遍世上的一花一草
一枝一叶
甚至还未道出隐痛
还未吐露隐私
还未说出忏悔
还未把这一生
完成为一首诗的样子

是的，是的，这就是我
面对沉香而倍感羞愧的
一位卑微的诗人
一段悲剧的人生
既阻止不了世上的伤害
也抑制不住自己的悲哀
只有一种淡淡的香味

将我从现实的噩梦中唤醒

这世上太多的行尸走肉
生与死不过一念之差
所有已发生和未发生的
都将随风而去
而我愿做一块活着的沉香
敞开胸怀拥抱苦难无所畏惧
只把头颅朝向天空
只将热爱埋在心底

让我在活着时点燃自己吧
不要一丝丝仇恨和哀怨
只将幽幽的润香遗留
在这虚无飘渺的世间

于海南文笔峰

2016.1.2

登江心屿

时间似奔流不息的江河
让历史久远让岁月泛黄
让世事沧桑让记忆迷茫
惟有孤独的江心屿
屹立不动，一如既往
如诗如歌，伫立于
时间的长河

那些登临江心屿的人
有古往今来的商贾
有潮来潮去的过客
多少功名利禄
多少爱恨情仇
如泥沙俱下
总经不住时间的淘洗
被滚滚的江水带走
包括我，和我即将到达的脚步

江心屿，走在路上
我多么像你
身处于尘世的洪流中
经受灵魂的炼狱
经历良心的考验
有时摇摇欲坠
有时坚如磐石
如今，正向你迎面走来
脚步尚未到达
而心已登临

江心屿，走近你
也许将耗尽一生的精力
但你是我笔下的一首诗
是我心中的一支歌
重要的是，在诗与歌中
我是我自己的江心屿
任凭滚滚红尘的冲击
保持着诗人的本色
和向上生长的姿势

于温州耕读小院

捕鱼者说

一抹斜阳穿云而降
折射在海面上
千百只渔船归来
听打鱼人，歌唱着海霞

我站在临高一角
远眺大海
沉醉于壮观的景象

日升起航，日落归帆
一代代繁衍生息的捕鱼人啊
日复一日，年复一年
永远追随着
天上那一轮永恒的太阳

这多么像我——

一位蜗居都市的渔夫
在滚滚而来的人潮中
从东到西，由南往北
潮来潮去，诗行天下
只为恪守——
心中的追求与宿命

于海南临高

寄清名桥

清名桥位于江苏无锡市古运河与伯渎港交汇处，始建于明朝万历年间，为单孔石拱桥，桥长 43.2 米，宽 5.5 米，高 8.5 米，桥孔跨度 13.1 米，系花岗岩堆砌而成。

——题记

2
0
1
7
.
4
.
1
6

一座桥
就那么挺立着
你说四百多年了
曾有无数的人走过
但它依然还在
不为风雨所动

这是你的世界
而你像一个王
指点江山
如数家珍

顺着你手指的方向
忐忑地看过去
其实，我没有看向远方
只是在心里想
自己曾经就是一座桥
不过，当有人走过时
那一弯腰的瞬间
却流逝了十二年的时光

遥望清名桥，此刻
我多像一个孤儿
抑或是一座流动的桥

摇摇欲坠地
弓着腰
却没有行人路过

只有一句话语
从头顶轻轻飘过
拱一拱弯曲的腰身
我就从梦中醒来了

也许是下半辈子
也许来生来世
我可是这古运河上的
一座清名桥
可否令人安然地
穿过

　　　于无锡运河畔

2
0
1
7
.
4
.
1
6

德令哈的清晨

2
0
1
7
.
7
.
2
2

德令哈的早晨
在海拔三千米的高度上醒来
看不见雾霾的踪影
只有清新的微风拂面
伴我或快或慢的脚步

云朵飘移的天空
昨夜里布满了星星
一颗流星曾经划过
照亮一位名叫海子的诗人

清晨的巴音河碧波荡漾
水面还倒映着昨夜的霓虹
海子酒店、海子酒馆
海子陈列馆……以及
一些大大小小路过的诗人
犹如散落在河畔的星辰

德令哈的清晨
在这世界最后的入口
诗歌是最早醒来的神

于德令哈

昆仑玉

在通往昆仑圣山的路上
我们都是虔诚的信徒
当所有的人奔跑着
奔向昆仑山熠熠的光辉
只有我和你手牵着手
在缺氧的高原上慢慢行走

众生景仰的万山之祖啊
你珍藏了多少宝石
又埋藏了多少秘密
而我们的爱情啊
点点滴滴倾注在每一个日子
就像此时此刻我们的牵手

或许，亿万年后
所有的石头都将变成化石
而我们的爱却永不褪色
犹如你手腕上的"宝玉陈"*
这一只晶莹剔透的昆仑玉
在我们的生命里啊
托起了一座巍巍的昆仑

于青海昆仑山下

* "宝玉陈"系
青海著名
昆仑玉品牌

2017.7.23

137

日月潭
——给诗然

2
0
1
7
.
8
.
1
8

2007 年末，率中国"诗歌万里行"走进台湾，得知一年一度"泳渡日月潭"游泳节于每年九月举办，允许 10 周岁以上世界各地游泳爱好者报名参与，场面宏大壮观。

——题记

一半像日、一半似月
大自然的鬼斧神工
形成一幅太极图
让世上最柔软的水
蕴含深不可测的魅力

在我六岁的时候
它与我相隔着
一本教科书的距离

四十多年后，美丽的日月潭
此刻，正与我面对着面
触手可及

走在碧绿清澈的湖边
我无心观日或者赏月
只想打一个长途电话
给上小学三年级的儿子

"诗然，练习好游泳吧
还有两年，你就可以
从教科书里，跳进日月潭了

成为'泳渡日月潭'

年龄最小的一位挑战者"

于日月潭   2

0

1

7

.

8

.

1

8

西子湾
——致范我存女士

中国"诗歌万里行"专程赴台湾颁发"百年新诗贡献奖",却未能追上余光中先生12月14日迈往天堂的脚步。19日,迟来的颁奖仪式在台湾中山大学举行,范我存女士携4个女儿出席,并代为她的先生接受奖杯和荣誉证书。

——题记

一张不定期的船票
将满怀乡愁的诗人
提前载走了。西子湾
还留着他的背影

去往天堂的路上
他带走了两岸亲友的怀念
也将自己一生的爱
留在这一条"爱河"中

曾经相守的日子
换作珊珊幼珊的陪伴
还有佩珊季珊的温暖
四个女儿,如一年四季的轮回
仿佛是他将你
留在人间的理由

而"爱河"依旧
"河堤"依旧
牵手漫步的小道上
变换了四季,不变的是爱情

夜幕低垂下的高雄
摇曳着一弯浅浅的海峡
日夜流淌的爱河
将一座沉寂的港口
淹没在那一首"乡愁"之中

于高雄

2017.12.19

141

梢瓜布

——献给父亲祁文祥

2
0
1
8
.
1
.
1
4

丝瓜络在四川叫作"梢瓜布"，用于擦洗碗筷，不用
洗洁精却很清洁，十分环保。

——题记

父亲寄来几个梢瓜布
每一个约三四十厘米长
妻不习惯用，我却舍不得用
每次，都剪下一小节
用它轻轻地擦洗碗筷

看见我用梢瓜布洗碗的动作
妻笑问：是想擦去城市的油腻呢
还是想擦去头顶的雾霾
我说，我想擦短一条回乡的路

转瞬一年，春节快到了
只剩最后一节梢瓜布
握在手中，忽觉心头阵痛
细细密密蜂巢一样的梢瓜布
像父亲千丝万缕的惦念
又像他隐藏着的一颗心
在厨房的一角，默默地
守望着……

我静静地凝视着梢瓜布
不知不觉，已止不住眼中的泪水
一滴滴地，滴落在梢瓜布

犹如滴落父亲的心上
我知道，无论我身在何方
父亲的梢瓜布
都将擦去我与他的距离……

　　于北京

2
0
1
8
.
1
.
1
4

洞庭湖

2
0
1
8
.
3
.
2
0

在去往岳阳的路上
我总想着，会怎样走进
洞庭湖

曾在诗中走进刘禹锡的洞庭湖
他的湖光秋月两相和
他的潭面无风镜未磨
他的遥望洞庭山水翠……

颇有些像我，在去往岳阳的路上
未曾遇上一湖波涛
已被纸上的洞庭
渐渐淹没……

通往岳阳的道路
一条条密如蛛网的高速
宛如一只白银盘
那轿车里伸出头来的
小小的我，
可似一青螺？

于岳阳

母亲节

——献给母亲邓惠芳

母亲节，我不敢打电话给母亲
我怕不小心说错了话
怕说错话，是害怕失去"妈妈"

母亲是有些迷信的
春节期间，我们回老家
母亲一再叮嘱我和弟弟：
"今年不过八十周岁生日了
家人不在一起吃饭，对外不摆宴席
尤其生日当天，千万别打电话回来
也不要说啥与生日有关的话……"

母亲说，做生就是提醒阎王
"人老了该带走阴间去了"
母亲说这话时，眼圈红红的
母亲的话，扎在我心头隐隐的疼
她是舍不得俺爸和俺兄弟俩啊

前些天，父亲打来电话
告诉我寄回去的快递收到了
听见电话旁有母亲的声音
我却不敢喊她接电话
怕一喊"妈妈"，就失去她……

日子啊，今年特别的漫长
有时在路上听见有人喊妈妈的声音
我的心头便激灵灵打一个冷颤

便想睡一觉醒来就是 2019 年
就可以每天喊一声"妈妈"

2
0
1
8
.
5
.
1
1

今天，面对国航的值机姑娘
我忍不住说了句"母亲节快乐"
听见她愉快地道一声"谢谢"
心中就感到一种特别的舒畅
我想，在母亲节的日子里
天下那么多祝福母亲的话
恐怕阎王爷听都忙不过来听了
而我是一个有母亲的游子
飞得再远，内心都不孤单

母亲节，母亲在
喊一声"母亲节快乐"
我便是最最幸福的人

清晨于首都机场

在诗上庄想起姑姑

她们的衣着妆扮还不洋气
她们的身材也追不上都市潮流
在一个夜幕降临的山村里
她们扭着最正宗的秧歌
脸上洋溢着最最纯朴的笑容
她们的模样，令我想起自己的姑姑

在河北兴隆诗上庄广场
我看见一个扭秧歌的大姑娘
从一位母亲怀中抱过小孩亲了又亲
她的举动，湿润了我的眼睛
仿佛自己也回到孩提时代
仿佛回到了姑姑的怀抱

而我的姑姑，父亲的五妹
那个从小到大一直宠爱侄子的姑姑——
我1岁时用大白兔逗我玩的中学生姑姑
我10岁时领着我吃职工食堂的女工姑姑
我20岁时拿出设计图纸让我办诗报的姑姑
我30岁时领着姑父住到我家里来的退休的姑姑
我40岁时陪我爸妈在荣县西街打麻将跳广场舞的姑姑
我50岁春节回老家聚餐抢着花钱不让我买单的姑姑
我53岁走在万里行路上赶也赶不回去为她送行的时刻
在今年七月，她因病离开了这个世界……

今夜，在北方一个以诗闻名中外的上庄
因为诗歌，我仿佛又与姑姑相逢，犹如三十多年前
在姑姑铺开的设计图纸上，我写下"流火"的字样

今夜，因为诗歌，诗上庄的女士都是姑姑
请让我在诗上庄广场，在灵魂深处喊一声：
姑姑……姑姑

这是诗的广场诗的上庄，是老诗人刘章的出生地
是"母亲的灯"照亮诗人刘向东成长的地方
是诗人刘福君写出"母亲是生命的故乡"的源头
今夜，在这里，面对一群扭秧歌的上庄人
我像一个失魂落魄的孩子
在茫茫人海中，认出了自己的亲人

离开诗上庄的时候，我却恋恋不舍
回头眺望，仿佛在寻找着什么
在一个亲戚越来越少的年代
我一定会常到诗上庄来
我相信回到诗上庄走一走
就像回到喊姑姑的岁月
就像又找到疼爱自己的亲人

 于诗上庄

盗梦桥
——题北涧桥

北涧桥，在温州泰顺县泗溪镇，为叠梁式木拱廊桥，长51.87米，宽5.39米，东西合计42级阶梯，被誉为"世界上最美的廊桥"。

——题记

51.87 米的长
加 5.39 米宽
合起来的厚度
就是一部历史
饱含四百年的沧桑

20 间桥屋
加 84 根桥柱
和两棵上千年的树
连在一起
犹如一部《聊斋志异》

而我多像一位盗梦者
或是进京赶考的书生
在河边遇上捣衣的妖精
还没走完 42 步台阶
就一不小心，跌落在
一片碧水青山古树之中
自甘沉沦于
世上最美的廊桥

泗溪镇下桥村

百丈漈

百丈漈位于温州文成县境内，百丈飞瀑，奇幻壮观，
引人驻足。

——题记

洁白的湖水
一旦奋不顾身
以一泻千里的姿态
飞流直下
就跌落为
一漈
二漈
三漈
如凤凰涅槃
化作壮丽的风景

那粉身碎骨的壮举
不禁联想到自己
仿佛也有一样的百丈漈
静静地沉睡在身体里
也许，它的存在
只为一人沸腾

或许某年某月的某一天
在某一瞬，百丈漈
当它苏醒，当它粉碎
会成为谁的风景？

于百丈漈风景区

登岳阳楼

风还大，浪还高
洞庭湖咆哮了一千年
岳阳楼，依然屹立不倒

李白来过，杜甫来过
郭沫若来过，舒婷来过
古今诗人，往来如梭
谁能比肩范仲淹
豪气高耸云端
情怀展览千年

我从 360 度审视
高 19.42 米，遮挡不住它的境界
宽 17.42 米，束缚不了它的胸襟
荡气回肠的 360 个汉字
洞察世事沧桑
阅尽天下春秋……
任凭一湖洞庭，流连往返
平添千古之忧

我来洞庭湖时
如轻飘飘一叶小舟
从岳阳楼下来
却已是步履沉重

自岳阳楼回来至今
那一行"先天下之忧而忧，
后天下之乐而乐"的汉字

从范仲淹的笔下
似滚滚而来的洞庭湖
日夜叩击着我的魂魄

2
0
1
9
.
3
.
1
5

于北京

阳光的如来

太阳是永恒的
每一天如期东升
它周而复始
普照众生

若是看不见它
或是有乌云
或是你尚未醒来
或者，碰巧转过身去
遮住了光明

惟见佛祖端坐
释迦牟尼一如既往
从不曾缺席
大地上，所有不为人知的隐秘
即使藏在心里
也挡不住它
阳光般的叩问

于四川荣县

母亲的月季

2
0
1
9
.
5
.
1
1

两年前
母亲种下月季
如今，依然开得很美

月季的美，从不
因人而异
面对养花者
或者过客
月季从未变换笑容

在我的家乡荣县
花的品格，仿佛也有了佛性
令我对自己的某些德行
略感到羞愧：
我对好人总是微笑
而对于某一类人却横眉冷对

小时候，母亲对我说：
"种花者付出多少心思
就会收获多少花期"
如今想来，也许
我也是母亲曾经种下的月季
只是还未到花季

而母亲曾说过的话
是另一种花
自儿时就播下种

一直在我的身体里
慢慢地生长

于四川荣县

2
0
1
9
.
5
.
1
1

五点三公里的爱情

2
0
1
9
.
9
.
1
5

一开始，两双脚趾
在沙滩上并排着延伸
浅浅的脚印，似微笑的酒窝
诉说着相识相知的缘分

随着大海潮涨潮落
四只脚丫奔跑起来，它们
或杂乱无章，或亲密无间
演绎着你追我赶的热恋

当婚礼进行曲响彻云天
温德姆酒店的洞房花烛
引来海面上一只只渔舟唱晚
和沙滩上横行霸道的小螃蟹

旭日在晨曦中如期东升
海风椰林摇曳着浪漫温馨
五点三公里的海岸线
泄露了人们相爱的秘密

命运时常如大海变幻莫测
而五点三公里的浪漫海岸
足以邂逅一次美丽的爱情
令一场永生永世的姻缘停泊

于茂名

给你 *

黄昏时分，赤脚走在海边
柔软的沙子，触摸敏感的脚踝
如一双爱人的手温馨细腻
在海滩留下一行行颤抖的足迹

俯瞰大海，一望无际
像一面深不可测的镜子
所有惊涛骇浪与汹涌澎湃
静静潜伏在海底，伺机等待着
某年某月某日的某一刻
与一场突如其来的飓风遭遇
犹如相逢一生一世的爱情……

在浪漫海岸，看夕阳西沉
五点三公里，不长也不短
它与广东茂名电白的地名相关
又仿佛和一个人的名字相连
令我不知不觉忘却了诗与远方
而五点三公里的海岸上
纵然开满五彩缤纷的花朵
我也能一眼认出那株唯一的梅

请允许我把未来交给浪漫海岸
将我跟你一生一世的爱恨情仇
堆积成五点三公里的沙子
日日夜夜，延伸到大海深处

而我的汹涌澎湃，潜伏着

* 草拟于"山竹"
台风登陆之际，
12月16日修改于马来
西亚乐高乐园

2
0
1
9
.
9
.
1
5

157

等候你，如飓风
卷起惊涛骇浪
直到毁灭

2
0
1
9
.
9
.
1
5

于茂名

树叶与小船

原本
是一片椰树叶
沉潜在眼里
已化作一只小船

那是爱
悄声无息地抛锚
停泊在心中
思念的港湾

于海南万宁

2020.10.17

"四十"不惑
——赠成佳八一级高中同学聚会

2
0
2
0
.
1
2
.
3

四十年前的成佳中学
雨打芭蕉，掩不住
你我他憧憬未来的眼神

四十年后重聚母校
白发染青丝，省略了
多少世上的风风雨雨

假如重来四十年
笃定不惑的，是我们
热爱这世界的眷恋深情

于北京

公祭日

牢记这个日子
但不是记住仇恨
而是找回人类
迷失在这个世界的
爱

勿忘国耻
并非不忘耻辱
而是唤醒中国人
沉睡在身体里
那奋发图强的意志

于北京

2020.12.13

冬 至

2
0
2
0
.
1
2
.
2
1

最长的夜
与最冷的天
接踵而至

有一些寒气如剑
呼啸而过
有一些雪花温柔
轻拍肩头

唯有爱，如埋藏的种子
在向下生长着

它积聚着力量
只待一场春雨来临
便破土发芽
势如破竹，与春天呼应

于北京

母语的祖国

域外诗旅

1984—2020 祁人诗选

母语的祖国

九小时的高空飞行
像一次历史性跨越
自香港到楠迪
从国门迈向世界
从亚洲连接澳洲

在世界的各个角落
此刻将有多少围绕地球的穿行者
而我只是一位布衣诗人
两手空空，只带着爱
和对世界的热情

爱，是诗人永恒的护照
心中怀揣的真善美
乃是行走天下的通行证

当穿越了万里云空
降落在南太平洋小岛
走出楠迪机场，我看见
一块高举的接机牌上
名字已先于本人抵达

高举的接机牌，是一行中文
给了我一个惊喜
在异国他乡，在茫茫的太平洋上
看见汉字，犹如与母语的祖国同行

黑眼睛

2016.9.13

从飞机上俯瞰
那一望无际的太平洋
呈现出深深的蓝

在楠迪机场仰望天空
看那连绵起伏的云朵
如椰汁淘洗过一样
空气中，弥漫诺丽的清香

迎面而来的黝黑皮肤
闪烁晶莹剔透的眼神
晶莹的眼睛，通往一尘不染的心

美丽的黑眼睛透着淳朴友善
每一颗心都充满了勃勃生机
他们，怀有对自然的敬畏
他们，敞开对世界的热爱

我的寂寞却无忧伤

在南太平洋沙滩上，忘乎所以
崴了脚，便注定有这样的寂寞
脚步的寂寞，是向往远方
远方属于帆船与远航
今天，告慰远航的兄弟们
我的寂寞却无忧伤

听树上鸟儿咿咿呀呀的说话
我是寂寞的
看泥土上草丛中翻腾的蚯蚓
我是寂寞的
猜想部落女孩哼唱的歌词
我是寂寞的
对着餐厅黑人兄弟的微笑
我是寂寞的
玛娜岛上，不同的肤色年龄性别
都说着同一句 bula，我说 bula
我是寂寞的，寂寞却无忧伤

是的，我的寂寞没有一丝忧伤
在这个纯净的世界里，寂寞是美
却没有忧伤的理由，这么美的寂寞
在一生之中被其他人其他事
曾经占据太多太多的时光

我甘愿享受这样寂寞的时光
崴了脚，便潜伏在茫茫的南太平洋上
深深地沉潜在别样的孤寂中

独享一份毫无忧伤的淡淡的寂寞
和寂寞的世界里轻轻的阳光

2
0
1
6
.
9
.
1
3

Mere，米瑞

她来到我的面前，对我微笑
一脸的单纯。她像我高中的女同学
在我的眼前，楚楚动人
她是 Mere。我用中文叫她米瑞
她十七岁，一个弟弟，一个妹妹
家住丛林深处，一个土著部落里

据说斐济以胖为美，Mere 个子不高
也不胖，但是看上去很美
至少，在诗人的眼里
她是美的。她的美，驱散了我的孤独

我不会说英语，她只会斐济语
但是她明白，我夸赞着她的美
她的美，是我青年时代向往的

倘若时光倒转三十年，对于我
这样的年龄这样的肤色这样的美
会不会就是一场绝世的私奔
或者像放弃城堡的王子，沉潜在丛林中
与岛作伴、与海为邻，与地老天荒
保持永恒的距离……

而今，在太平洋群岛，在美丽的斐济
朋友们都起帆远航去了，我无所事事
在这不知名的小岛上，一会儿翻翻书
一会儿看看风景。只有米瑞
慢条斯理地打扫着房间

在我眼前走来走去，像三十年前
那一场青春时期走来走去的爱情

2
0
1
6
.
9
.
1
3

请安静些，再安静些

在斐济首都苏瓦·克罗森林公园，导游威士先生叮嘱
大家安静些、再安静一些，神情是那样的虔诚。

请安静些，再安静些
丛林里的鸟儿们正忙碌着
她们是上帝的使者，人们啊
请别惊扰她们的领地

请安静些，再安静些
鸟儿是这一片丛林的主人
我们再多的人类
也不过是这里的一群过客

请安静些，再安静些
让我们放轻路过的脚步
倾听中，是否感觉到
鸟儿正无忧无虑的歌声

请安静些，再安静些
丛林与万物都归属上帝
我们只在安静之中
让自己与上帝相遇

BUU QIEN（西贡邮局）
——遥寄

2
0
1
7
.
7
.
2
6

这是我所见过最繁忙的邮局
寄书信、寄快递、寄汇款
还有一些什么都不用寄的
虚度光阴的幸福的闲人
黄皮肤白皮肤黑皮肤的各色人等
在邮局大厅里形成温暖的人流
令人有一种莫名的感动

这座大厦在称作西贡时
曾是法国殖民时期的地标
在南北时期战火纷飞的年代
这是唯一不被敌军轰炸的目标
在敌对双方的前线与后方
只有邮政标志才是万能的通行证
这是高级动物最人性的底线
经受住了战争残酷的考验

当思绪还沉浸在西贡的名字
一位诗人已豪迈出手
将四瓶法国香水收入囊中
在这一座温情脉脉的邮政大厅
不知他要将香水寄往何处
将爱的种子赠与远方哪一位佳人

此刻，我双手合十
惟愿自己如一粒种子
或化作一页家书寄出

我相信，所有通往爱的道路都是天堂
无论道路有多遥远多漫长
我知道，只要出发就是抵达

知否，有人正在路上
有人是否期待？

　　于越南胡志明市

2
0
1
7
.
7
.
2
6

游芹椰猴岛

2
0
1
7
.
7
.
2
6

曾经的西贡，作为名词
是一块殖民地与南北战争的疤痕
1975 年后，如今的胡志明市
象征一个国家的和平与统一

战争，总是伤痕累累的
如伤害与痛苦的代名词
所有的冠冕堂皇或无中生有
都是一些战争狂人的借口
比如希特勒与墨索里尼
比如 R 国天皇与 M 国总统

也许，时间将抹平一切悲伤
犹如猴岛上的那一群一群
猴子们欢腾雀跃的身影
而游人们，也乐见岛上嬉戏的猴群
出没于河流、树木，以及花草
甚或甘于被野性的猴子骚扰

在猴群繁衍的丛林后面
隐秘着一处被美军轰炸的医院
它残留着一段西贡历史的哀鸣
在某个和平的日子里
刺痛了这一首汉语诗歌的神经

于越南胡志明市

致津巴布韦

我喜欢遥远的非洲大陆
喜欢非洲大陆的津巴布韦
喜欢津巴布韦的人民
以及那些自由自在生活的动物们

那些悠闲自在的大象，我羡慕
那些黑白斑斓的斑马，我羡慕
那些跪卧啃草的野猪，我敬佩
那些调皮捣蛋的狒狒，我喜欢
我甚至妒忌赞比西河畔
那些潜伏水中的鳄鱼与河马
它们都是非洲的主人
而淳朴的津巴布韦人民
乃是守护非洲大地的神

我喜欢在津巴布韦行走
喜欢行走在哈拉雷的街道上
喜欢迎面而来络绎不绝的问候
喜欢人们脸上绽放的善良与微笑
喜欢他们微笑时洁白的牙齿
与水汪汪的眼睛

走在津巴布韦人群之中
就像被盛开的百合花包围
每个人都敞开着宽阔清澈的胸怀
在非洲大陆与大自然和谐相处
当我真挚地向津巴布韦致敬
脸上如洁白无瑕的百合花盛开

向野猪致敬

2
0
1
7
.
9
.
1
3

津巴布韦的野猪是奇特的
它们的温和令我稍有些不适应
不像在西双版纳的公路上
随时担心一只凶猛的野猪窜出来
将奔驰的汽车撞飞

我推开酒店的窗户
看见三五只野猪在草地上悠闲散步
我从侧面试图一点点接近观看
它们似乎毫不在意我的存在与出现
仍然悠闲地漫步，或者
低头啃草。它们吃草的时候
惊呆了我的眼睛
那是一种两只前腿跪下的姿势
仿佛是向神灵祈祷、虔诚的神情
不亚于教堂里的善男信女

津巴布韦的野猪
请允许一位中国诗人向你致敬
那一刻，你跪下的情景
让我对这片土地上的每一棵小草
都充满了卑微而又神圣的敬畏

维多利亚大瀑布

是谁的发现
戴维·利文斯通（David Livingstone）
太长的名字我已记不清
或者谁发现的
已无关要紧
即使冠以女王的名字
它也是一个大瀑布

当它喧嚣着，奔腾不息
昼夜不停，奋不顾身
它的表达，更像是
一种完美的呈现

在我看来，它的存在
与任何平静的河流并无不同
每日的飞奔何尝不是另一种
平静。而不平静的却是游人
在瀑布前的澎湃激情

当一群来自中国的诗人
与津巴布韦诗人在此相会
维多利亚瀑布啊
在诗人们的朗诵声中
仿佛才有了刹那间的艺术美

中津两国诗人的相会
仿佛维多利亚大瀑布的初恋

它在诗人们高亢激昂的吟咏声中
化作一幅天马行空的壮景

2

0

1

7

.

9

.

1

5

塞纳河
——有赠

河水一如既往流动
清风徐徐吹过
熙熙攘攘的外乡人中
惟有我独立船头
望不见忧郁的诗人 *

看来来去去的人们
从不曾失去身边所爱
阳光下拥抱和亲吻的他们
伫立为塞纳河迷人的风景

相信明天将依然如此
塞纳河轻快地流淌
忧郁的诗人踪影全无
而我离开了许久以后
还在为它写着诗句

* 此处 "忧郁的诗人"，
系法国诗人
阿波利奈尔，
曾在此写下忧郁
艳丽的情诗

2018.5

艳 遇
——写在巴黎

2
0
1
8
.
5
.
2
0

曾经有过一些想象
憧憬着浪漫之都，以及
那些道听途说的艳遇
在卢浮宫，观赏维纳斯
发现断臂也是美的
就像微笑着的蒙娜丽莎
俨然是全世界的梦中情人

徜徉在塞纳河畔
自然想到阿波利奈尔的诗句
"夜幕降临，钟声悠悠
时光已逝，惟我独留"
如此忧郁的爱情
仿佛与我无关

在闻名遐迩的凯旋门
在悠闲自得的协和广场
在熙熙攘攘的香榭丽舍
那么多漂亮的女人擦肩而过
弥漫在空气中的香水
令我过敏的鼻孔喷嚏声声
而她们的背影，与我无关

从伯韦机场飞往罗马尼亚
我两手空空过了安检
突然被另一只手习惯性地挽起……
哦，巴黎，在这浪漫之都

蓦然回首，突然明白
身旁手持我登机牌的女人
正是我一生遭遇的最美艳遇

　　　于巴黎伯韦机场

2
0
1
8
.
5
.
2
0

界 碑
——有赠

2
0
1
9
.
4
.
13

在中国老挝的边境
一座庄严的界碑前
我们以界碑为背景
站立两边拍照留影
成为一生抹不去的记忆

镶嵌在界碑两面的国徽
代表着你和我的国家
一组编号 29-1 的数字
鲜红的颜色庄严肃穆
多么适合一个词：神圣

假如张开双臂十指相扣
便将它紧紧地相拥在怀中
我想，这一座神圣的界碑
在我们的拥抱中
不只是和平与友谊
还是一个爱的世界

于勐腊，中老边境

一朵花的春天

一朵花长在树上
或开在枝头
仿佛与我无关

它是美的
它的孤傲
也是春天的色彩

捧它在手心
覆盖了一道道纵横交错的
掌纹
犹如覆盖大半辈子的人生

我不忍猜它的名字
来自异域，抑或外星
一枝一朵，总是一道门
连接着天堂抑或地狱

一念之间，一朵花
瞬间令我打开
内心的
春天

于老挝勐赛

2019.4.18.晨

高跷钓鱼

2
0
2
0
.
1
.
8

如此独特的钓鱼方式
令我心生惊奇

我看过陆地上的高跷
那是行走江湖的表演

而在斯里兰卡
渔民们踩在高跷上
钓的是生活
和世界各国游客
一双双睁大的眼睛

第一次到达印度洋
我在加勒海边
按下手机的自拍键
却发现，以大海为背景
渔民是永恒的主角
而那一根鱼竿上钓起的
是我远离中国
的孤独

于斯里兰卡

清迈诗抄（5首）

塔佩门的王

2019.1—2020.6

一座城墙，亘古至今
四周徘徊着一群群
散淡的人

广场上，墙角下
络绎不绝的行者
将高高的城墙
围成一座朝贡的门

无论谁，无论来自哪里
只要一杯咖啡一个下午
你就是塔佩门的王
可以无所事事地发呆
还可以将世界各地的朝圣者
那些五湖四海的臣子
一个个打量

在热气球节

一根塑料管
也能吹升起
一个热气球吗？！
当然，这不是儿子的
异想天开

来吧，用手机
拍出现实的蒙太奇
因为一切皆有可能
因为这里是清迈
一切不足为奇

三月十六日
诗然十一周岁了
想着他，乃是另一个自己
刹那间，童心已遍布全身

2
0
1
9
.
1
—
2
0
2
0
.
6

去啤酒音乐节

清迈的啤酒音乐节
一年一度，又要开幕了
诗然，向老师请假
明天我们去玩吧

孩子，我要告诉你
上学是一时的事
学习是每天的事
读书是一辈子的事
养成学习和读书的习惯
才是最重要的事

也许，可以一天不上课
今日，却不能不狂欢
而快乐乃头等大事
这是人生最好的选择

喜欢的理由

清晨，一大早
被一只蜗牛吸引

它在车窗玻璃外窥探
又像在自己的领地
散步悠闲。它的出现
如清晨的一场雨
清洗了我的眼睛

流连忘返于清迈
这窝居之地
总是给人意外的
发现与惊奇

此刻，一只蜗牛
对于诗然同学
也是喜欢清迈的理由

2019.1—2020.6

草垛夜市

树梢上挂着一轮弯月
让人误以为身处仙境
而眼前火红的炒锅
确认乃是人间烟火

熊熊燃烧的火炉上
架着炙烤的玉米
转动香脆的滚刀肉

烹炒的海鲜大餐
散发一阵甜甜的香味

2
0
1
9
.
1
|
2
0
2
0
.
6

不同语言不分肤色
交汇成一道流动的风景
舞台上走秀的泰国姑娘
她们袅娜的身影
遮住了夜空中的星星

此刻的草垛夜市
夜生活才刚刚开始
我沉醉于耳熟的音乐
将大象啤酒一饮而尽

我想说，清迈的魅力
就是一次次举起酒杯
一次次与世界达成和解

于清迈

附 录

诗言诗语

祁　人

诗与完美关系

　　早上起来，每天面对一轮新的太阳是幸福的，但是，幸福的关键不是在阳光下找到一个完美的人，而是遇到任何一个人、然后和他一起努力建立一个完美的关系。因此，诗歌的关键，在于从任何事物的残缺中，找到与之最为理想的诗意关联。而诗人的幸福，就是让词语回到生活中，并让它与现实生活建立一种完美的关系。

诗与现实

　　读诗，是倾听别人的灵魂的声音。朗诵，是到陌生的语境里去感悟。写诗，是回到自己内心的秘境里探索。诗离不开现实，更不能逃避。诗人从某一角度观察生活启发心智，并通过诗带回来一个不同的自己。每写一首诗就是一次轮回，自己还是自己，而每一次心境已大不相同。

诗与说话

　　诗歌就是说话，就是好好说话，或者把话说好。当要开口说话时，诗句必须比沉默更有价值；当要落笔写诗时，文字必须比构思更加精妙。所有忍不住说出的话，所有节制的语言，都是诗人内心的风暴。

诗与出生

人们生下来的第一声一定是哭着来到世界的，因此，应该用一生的时间来微笑，没有微笑的每一天，等于浪费生命的日子。无论人生多么艰辛，诗人也应微笑着面向世界，并向世界奉上一腔热忱，以及真善美的诗心，并且坚持不懈地走在路上，就像东升的旭日，给漆黑的世界，一个光明的拥抱。

诗与光明

诗的使命是带着人从黑暗走向光明与希望——毫无疑问，痛苦、孤独、寂寞、灾难乃至死亡都是不期而至的，是注定的，这就是人生的真实。然而，真正的诗人必定是迎向光明的，那些背朝太阳的人，无论写出多么华丽的辞藻，只会将人带往深渊……所以，让人看不到光明是作为诗人的耻辱，而让人读不到希望，却是诗歌最大的悲哀。

诗与特质

每一种颜色，都有它的情绪；每一份情绪，都有它的时光。旭日东升与夕阳西下，是美的，富有诗意的。一个人无论生于哪个时辰，或者什么年代，都有自己生命的色彩与光辉。帝王也追求爱情，乞丐也有自己的梦想，无论贵贱，人性之美——正是诗的特质和属性。

诗与行为诗人

关于诗，也许有些能够写，也许有些却无法表达，能写的都由笔尖留在纸上，变成了文字随风飘扬，而无法表达的就像刀子镌刻在心上，沉在心底永远也不会抹去——这些无法言语表达的诗，成就了生活中的行为诗人。

诗与沙发客

之所以崇尚沙发客，因为它挽救着人类的信任危机。当一个陌生的人住进另一个陌生的家，彼此都要卸下防备的外衣。而诗人何尝不是沙发客？真正的诗人从不锁闭自己，身心融入大千世界，敢入三教九流，因为诗歌的真善美乃是一种光芒，即便在最黑暗的环境，也袒露着弥足珍贵的光亮。一个不设防的人，是真正的诗人。

诗与光阴

什么是光阴呢？比如孩提时代我胸前的一枚毛主席像章；比如中学时代与同桌划一条分界线；比如17岁给父母写信离家出走；比如19岁第一封情书被退回来；比如20岁出远门看大千世界；比如25岁来到北京做了最早的北漂；比如30年如一日行走在诗歌之路上；比如往后的诗歌万里行，注定沿着诗的坐标前行……这是我选择的生活，直面它的得与失，都是我的光阴！

诗与故乡

人生若懂得欣赏这个世界的美好，为花开而笑，见雨落而喜，不放过任何一次美丽心灵、陶冶性情的机会，这些瞬间的收获，都是诗意而幸福的。比如此刻，早晨清新的空气，鸟儿清脆的叫声，一定会给人美的心情。所有美好的景物都是诗意的，美好的瞬间、美好的生活就是诗的故乡，而诗人的写作就是一条回乡之路！

诗与解

一生有许多的擦肩而过，有形色匆匆，有岁月蹉跎，熙熙攘攘有寂寞，来来往往却漂泊，人与人之间，少的是彼此了解，缺的是相互谅解，而难的是理解，痛的是不解，恨的是误解。何解？惟诗也，诗的真善美穿越一切障碍，破除不解与误解，树立信任与理解——诗心即童心，焉能不解？！

诗与男女

经历了人生半百，似乎明白了，这个世界或者家庭中，所有的问题，无非就是男人与女人的关系问题！其实，就是男人和女人和谐共处，管好了小家，才顾得上大家，就有了国家。诗，尤其爱情诗，便是这个世界最好的润滑剂。诗与爱，让世界和谐！

诗与茶

懂茶的朋友说，心即茶，茶即心，一壶茶，折射世间万象：佛门见禅，道家见气，儒家见礼，商家见利。滚滚红尘之中，人一走茶就凉，乃是自然规律；而人没走，茶就凉，则是世态炎凉。人的一辈子，浮荡若茶，初品无味，再尝略苦，苦极甘来。闻之，叹息。

茶道一如诗道，皆出于心。心者信也，信为真善美，信即诗的生命。

诗与度

人之交往在于度：识人不必探尽，知人不必言尽，责人不必苛尽，敬人不必卑尽，让人不必退尽。写诗亦然：诗在于度，不必写尽，写尽则无读者思索的余地，就成了一篇分行的论文，而非诗了！

诗与专注

看诗然吃冰激凌，吃相是足够专注了，存写于此，供他未来自己品鉴。由此想到，诗歌之美好，就像专注于某一种事物而显现出来的品质，从而给周遭形成一种美的联动，为他人带来的美感。

诗与虚伪

据说，微博就是不好好博客，减肥就是不好好吃饭，创新就是不好好工作，淡定就是不好好自信，砖家就是不好好说话，深沉就是不好好发呆，裸奔就是不好好跑步，抄袭就是不好好转发，爱情就是不好好做朋友……由此说来，伪诗就是不好好写生活，伪诗人就是不好好做人！诗者，生活与做人，全都来不得半点水分！

诗的选择

亲历了地震、"非典"、"新冠"，真不知还会有什么灾难会在某一刻又突然出现，也没人能预料末日会在哪一天。未来永远是一个悬念……每时每刻，珍惜身边一切，家人、友人、亲人已是今天此刻的全部，所以，从现在开始，唯一的选择，是以一颗真善美的诗心，传递爱与祈祷！

诗与增值

人生半百，体会尤深的是，太容易得到的东西往往都要打个折扣，只有那些在坚守追逐的过程，想要的东西，才能有更珍贵的附加价值。诗歌万里行，与其说是一种行走，莫如说是一种坚守的过程，坚守一种真善美的追求和信念，也就让人生有了诗意的增值。

诗与信念

信念比什么都重要。即使没有光，在黑暗里，只要你睁大自己的眼睛，即使十分微弱，黑暗的世界里，也将因为你睁大的眼睛而明亮闪耀起来！这也就是即使诗歌边缘化，诗也有存在的意义。诗歌万里行就是这样一条明亮而闪耀的旅程。

诗与遇见

诗写与谁，就是与谁的一次相遇。 向爱你的感恩，向你爱的感动，对你恨的原谅，对恨你的坦荡，对欣赏你的感激，对你欣赏的赞美，对嫉妒你的低调，向你嫉妒的景仰，与不懂你的沟通，向你不懂的请教。诗可包罗万象，一个诗人的大小，看诗的笔触有多宽广。

诗与厚薄

爱逞强的人总是拉开架式反弹很高，却并非生活的强者。强者是有智慧的人，是懂得如何弯腰和低头的人。刚刀易折，柔水长存；刚强不长久，温柔一万年。真正的强者不是逞强，而是心胸的广阔、心态的淡定，是面对得与失、荣与辱，甚或意外时的坦然与从容。所谓诗如其人，诗的厚与薄，可见一斑。

诗与善恶

在诗人的潜意识里，当他假定人性是善的，那么其诗呈现善意；当他假定人性是恶的，那么其诗则表现恶俗。所谓好诗人坏诗人，由此可辨。

诗与灵感

灵感是瞬间才有的，需要马上记录和实现的，否则稍纵即逝，与权势、财富无关。灵感犹如机会，机会就像小偷，它来的时候你没有抓住，它一旦离开，你将损失惨重。灵感随性、随情、随缘，诗人有了驾驭灵感的能力，诗亦遂愿。

诗话末日

一首诗的诞生就是一个诗人的新纪元。诗写不尽世界，但每首都要瞄准生活的一点一滴，才会精彩。成就诗人的唯一途径，就是无怨无悔地爱这世界。灵感是诗飞翔的翅膀，即刻跳出思维的框框，不浪费时间重复他人的语言。诗与世界同在，末日何来？诗是一个诗人的全世界。

诗与突破

读到一段文字，颇有感慨：人类最大的敌人是自己；自己最大的敌人是个性；个性最大的敌人是习惯；习惯最大的敌人是观念；观念最大的敌人是认知；认知最大的敌人是偏见。

诗当突破以上的局限——因之，有了真诗与伪诗之别，有了真情与矫情之分，有了真善美与假恶丑之界线……

诗与奇迹

其实，大可不必期待什么奇迹出现，因为除了你自己，世界上根本没有其他的什么可以称为奇迹。在人生之中，保持在平凡生活之中的活力，才是真的奇迹。诗歌创作不要指望什么重大事件，当在庸常的生活中，挖掘出真善美，将其点滴串联成珠，就是诗的奇迹。

诗与心态

心态不好，说穿了，就是心太小了。心态的"态"字，拆解开来，就是心大一点。心若每天大一点，心态还怎会不好？诗人心态好，眼睛就纯洁透明，就能时时处处挖掘真善美，传播真善美，诗就成为美的窗口。

诗与人

你是一个什么样的人，就会听到什么样的歌，看到什么样的文，写出什么样的字，遇到什么样的人。当你相信并写下信念、温暖、梦想、坚持这些早就老掉牙的字眼，是因为你就是这样的人。什么样的人写什么样的诗句，或者说写什么样的诗，就是什么样的人。

诗与年轻

人们说，所谓年轻，就是总有一扇门敞开着，等待未来闯进来；我认为，所谓诗人，就是永怀一颗童心、敞开心胸，等待着世界闯进来——这是诗人的特权！

诗与快乐

人不可能没有痛苦，但不能被痛苦所左右。人生难免和痛苦不期而遇，痛苦不可怕，可怕的是内心背叛自己。如何整理心情，忘记那些不愉快，听听音乐，看看风景，说能说的话，做可做的事，走该走的路，见想见的人，过简单快乐的生活。诗之意义，就是让这些可能性在语言和文字里及时地相遇！

诗与大树

大树给我的遐思：第一个条件是时间！没有一棵大树是树苗种下去，马上就变成大树，一定是岁月刻画着年轮，一圈圈往外长。诗歌与诗人也都是这样，从小到大的成长过程。诗人关怀外部世界的注意力与心思大了，诗人的胸怀也博大起来，诗人作品的内涵也就丰富起来了。大诗人就是这样炼成的。

诗与干细胞

人的一生，从某种意义上说，是一场自己对自己的战争。每一个人的身上都依附着两个自己：善的自己和恶的自己。这是一对天生对立的兄弟，每天都在争斗，每时每刻都在试图打败对方。因此说到底，人生就是一场如何扬善抑恶的抉择。选择诗歌就是给生命注入真善美的干细胞，是人生美好的孵化器。

诗与神

有的人啥都有，却是一无所有，因为他没有神；有的人一无所有却啥都有，因为有神。有的人强壮却是软弱的，因为他没有信仰。有的人软弱却是强壮的，因为有追求。有的人生来高贵却是卑贱的，因为他丧失了灵魂。有的人生来卑贱却是高贵的，因为灵魂活着。诗不是文字，是一个人活在世上的魂魄！

诗与灵魂

每个人都有两个自己：一个是外在的社会性的变了形的；一个是内在的真实的灵魂；两个自己需要相处交谈，相隔日久会只剩下跑来跑去被社会异化的躯干。所以我们一生都在为自己找一个家，先让灵魂住进来，再唤回那个异化的自己。而选择诗歌也就找到了灵魂的家园，使自己的灵魂不再相隔和分离。

诗与期待——给然

睡梦中的儿子，你将长大，我想知道，你从现在起是否敢于梦想内心的渴望。在成长的路上，为了梦想和世上的奇遇，我期待着你要敢于像傻瓜一样地冒险。你会否受伤，会否写诗，并不要紧，但你的灵魂一定要像诗一样博大和健康，要让自己的内心善良，世上只有善良才使自己一生强大无比。

诗与爱

诗人产生灵感并不难，就像男人"爱上"一个女人一样，发现并爱上她的美是容易的，诗人从不缺少对美的直觉。譬如真善美，诗人从不缺少发现，难能可贵的是对真善美的坚守！就像男人对于一个女人"爱上"容易，难的是"爱下去"。对诗歌真善美的坚守，靠的是诗人精神世界的升华。

诗与真性情

人生的成长，是心灵的开放，是压抑心底的"性情"得以苏醒，性情苏醒才懂得对人要有"情"，才懂得关怀与付出，也才懂得为人"义"字当先。而"真性情"并不是自顾自的想做就去做的任性与放纵。所以，诗歌绝不是自顾自的放纵自我性情，只有义字当先的真性情的诗人，才能写出真善美的诗。

诗歌万里行走进西藏"随感"

这一生最美好的三个日子：世界上有你的那天，世界上有我的那天，"我"和"你"和"他"成为"我们"的那一天。足下有路、诗情万里，友谊万岁！

诗歌其实在每个人心中活着，所谓诗人包括文字的和行为的诗人，使命就是将他人心中的爱像灯芯一般地挑亮；否则，无论他写了多少分行的文字，喊了多少口号搞了多少行为，都不是真正意义上的诗人。

诗与文化

文化是一张脸，是说话时的语气，是和朋友家人以及世界的一种关系，是为人处事的一种风俗，是内心坚守的一套价值观，是精神上的一种信仰，是与动物区别的一种标志，不是飘浮于天空，是植根于大地，不是瞬间的创造，是岁月的陈酿。诗，是文化的呈现形式。

诗歌与破晓

鸡蛋从外打破，是食物；从内打破，是生命。诗歌，从内打破黑暗，从外破晓黎明。

羞愧与诗意

我们常常羞愧于当身体还没有衰退时，灵魂就先在生活中衰退。而诗人又恰恰相反，当生命从出生到死亡的过程中，诗人的灵魂越来越强大。——在某诗歌研讨会中的遐想。

早安，世界！

诗歌就是爱与光明，诗人就是光明的使者。在有仇恨的地方，让诗播种慈爱；在有伤害的地方，让诗播种宽恕；在有绝望的地方，让诗播种希望；在有忧苦的地方，让诗播种喜乐；在有黑暗的地方，让诗播种光明。早安，世界！

诗与心量

在这个世界上，心真的很奇妙，它可以大到极致，也可以小到极致。心量大的人，可容天地一切万物，纵然天崩地裂、日月无光，也能泰然处之；心量小的人，别人的一句冷语，或一个脸色，就能让他的人生变成末日。诗人的心，可比虚空大，可比微尘小。人生的成长不是肉身，而是里面心的长大！

诗与醒来

早晨起来，一睁眼见太阳。昨夜依稀梦到了诗人孙静轩，一位可亲可敬的老头儿，想起孙老头过去经常说的一句话，每一次睡着都是死去，每一次醒来都是新生。孙老头已去世多年，音容笑貌仍似在眼前；有些人苟且活着，在人们眼里却形同死去。这就是人品之高下。

诗与分级

在小区大门外，见地摊贩卖光盘，内容形形色色，艺术片、生活片、战争片、恐怖片、三级片，应有尽有，不过三级片是不能摆着卖的，商贩询问你要不要很好看的，声音也是怯怯而低声，羞于示众。有的诗大致若此，有人唾弃，也有人叫好，却不能大声叫卖。由此想来，未来诗歌应分级制？

诗与希望

今天比昨天好，此刻比上一刻好，这就是希望。清晨，世界又翻开新的篇章。这一分钟，什么事都在发生。最复杂的就是，有人正好出生了，长长的一辈子在未知处候着；最简单的就是，有人正好逝去了，长长的一辈子画上了句号。

诗与白眼

老婆批评说我看谁都是好人，连狗戴上帽子都是好人，像那些伪装的人也成了好人一样。我回答：伪装的人说明他还有一点点想成为好人的动力，或者说还有一点点意识到坏的羞耻感，那么羞耻感重了大了多了，坏的因素就小了轻了，人也就慢慢变好了。呵呵，这话遭老婆白眼。

诗与婚姻联

下午与叶延滨先生、张新泉先生在槿木品茗，闲侃得楹联一副，本人出上联，叶延滨先生对下联。本联不循工整，但求新意。上联：爱情像鬼听说的人多；下联：婚姻似坟活埋的不少。

诗与观念

有怎样的心灵，就拥有怎样的世界观。人是自己观念的奴隶，一辈子的成败、荣辱、得失无不因自己的观念而起作用。要让自己一生幸福、心情愉快、精神放松，就要改变头脑中那些陈旧的观念、偏执的思维惯性，既要学会放弃，学会放手，更要学会遗忘。诗人的观念，决定其诗歌有无标新立异的突破。

诗与活着

活着，在有生之年，选择做一个真诚的人，不放弃对生活的热爱和执着，在有限的生命时空里，可以过无限广阔的日子——这就需要选择，而我选择了，这就是诗歌，秉承真善美的信仰，便拥有无限宽广的精神世界。

诗与永恒

梦醒了，但仍有谎言与欲望让人迷失，仍有酒精与名声让人沉醉，仍有物质与爱情将人束缚，仍有真理与苦痛使人觉醒，仍有坟墓与金钱把人埋葬，仍有时间与苦难改变一切——而所有这些，已经、正在或即将经历的，都在岁月的长河里洗练，在人性世界中挣扎，成为诗歌永恒的意象和祷词，这也是诗歌将会永恒的原因！

国航与万里行

国航，是我的飞行首选，下一站，走向哪里？向南、向东还是向西？——这些似乎已不重要了。要紧的是信念，它是火种能使心中的太阳燃烧。在人生的坐标上，地球是运动的，不会永处于背光的位置，除非选择原地不动。因为世界如此精彩，诗歌如此美好，所以一次次飞吧，诗歌万里行！

诗与视力

年纪大了，近视又添老花。配得双重功能眼镜，镜片一分为二，上为近视看远；下为老花看近。不禁有些感慨：只有向前看才能生活，只有向后看才懂生活。光往上看，发飘；光朝下瞅，腿沉；不往上看，不往下看，又找不准自己的位置。人生最难把握的视力，不是远近上下，而是看清楚自己，诗歌对于诗人正是发现自己、看清自己的途径！

诗与晨悟

如果说诗歌是美的代名词，诗人就是世界上美的探索者、发现者与传播者。作为一名诗歌作者，身处国家民族所经历的新的转型时期，有责任和使命记录、传播历史的最强音，做一个时代文明和进步的忠实代言人！所以，每个诗人，都是自己一个人的万里行。

佛山与诗人

如果有些人闯进你的生活，给你留下无法忘怀的感觉，那么这些人值得好好珍惜。如果有一个城市进入自己的视野，从此结下不解之缘，那么这个城市，就是心灵的家园。

诗与找寻

有时候，深陷于平凡生活之中，无从发现那些原本应该属于快乐、欢喜、幸福的东西就在身边，于是，不知不觉的快乐和幸福便悄悄地溜走。诗人的使命就是从看似悲凉的世界中，发掘出生命原本的暖意来，用诗句将这些欢乐、欢喜、幸福带回来。

诗与爱国

今天"九一八"，我选择这样的爱国方式：回家、看书、上网、微博、写诗、列单子做远景规划。（1）手上的日货保护好，能用多久就用多久，以使用最长的时间以"日货抗日"。（2）以后尽可能地使用中国制造，哪怕它的质量尚欠佳，也要支持促进提升民族工业的创新研发能力。

诗与灵魂

我们生命中的每位过客都是独一无二的。他们会留下自己的一些印记，也会带走我们的一些气息。我们彼此需要，就像生命之树与叶子，就像需要和平、爱、健康一样，无论现在还是永远。也许，有人会带走很多，也许有人什么也不留下。这恰好证明了，两个灵魂不会偶然相遇。

诗与视角

眼睛看到的只是世界的一部分，这样的视角往往会让人误以为所看到听到的一切就是全世界，其实那只是别人的世界。听听自己内心的想法，才是自己的世界！眼睛只能看180度，诗的使命就是用心聆听360度的周遭事物，并向世界发出自己心灵的呼喊。

何谓诗心

当信息资讯越来越发达、越来越迅捷，有些人的心情似乎却越来越沉重，仿佛发现这世道人心甚或未来世界原来竟没想象中的美好，各种恶人、各种诋毁、各种打击、各种敌对……但是，诗人无论身处何种环境，绝不应放弃对世界的善意，不让恶人把自己变成恶人，不让挫折让自己失去生活的勇气，所谓诗心，就是心怀最大的善意在荆棘中穿行。

诗与生活

诗歌就是与生活联姻，就是在生活中以太阳为永恒的方向，以一颗诗心感受每日的阳光，在阳光的温暖下前进，在前进中修正方向，并期待那些让你变得更强大、更完整的事物出现。

诗与万里行

每个人的一生都走在一条万里行的路上，因之最重要的是定力。那么，在万里行的路上，向高山学习，即使没有赞誉，就在那里站立，抵挡风雨。向甘泉学习，即使没有颂歌，就在那里流淌，自我清澈。向小草学习，即使没有赞美，就在那里生长，展现绿色。向太阳学习，即使没有称颂，就在那里发光，奉献温暖。

诗歌与成熟

成熟不是看年龄长幼，而是看肩膀能挑起多大的责任。诗歌不是看篇幅有多长，而是看最少的文字蕴涵最多的精粹和能量。

诗与正能量

同是半杯水，有人看是半满，有人看是半空。同是风雨交加，有人叹天气无常，有人盼雨后彩虹。同样是冬天，有人怨冰天雪地，有人想春天将临。同样是逆境，有人叹命运不公，有人汲取经验反省自己。人生快乐与否，其实只是一个心态问题。诗人观察生活的视角，决定其作品对社会的价值。

诗缘与灵感

人生像一场圆舞曲，转着转着也就遇见了，而遇见就是生命中最美的一道风景，不知不觉地欢畅或哀伤，总是赋予笔下太多的神奇，而我一如既往地微笑着，在阳光下追赶着、奔跑着，偶然停下脚步，当回头望去，而你，不知何时消失于万物之中。

诗与心态

有的人，看到别人优秀想到的不是欣赏，而是喜欢挖掘背后的黑幕。看到好笑的短剧不是开怀大笑，而是鄙夷那是演出来的。看到别人的幸福不是由衷地赞美，而是怀疑她又在炫耀幸福。人活一生不能仅是批判，还有一种东西叫快乐体验；有善恶对错，还有随心自然。

诗与幸福

打开幸福之门有四把钥匙：口中有德，目中有人，心中有爱，行中有善。口中有德是说话留有余地，勿施语言暴力；目中有人是要走出自我，心诚相待；心中有爱是要播种爱的种子；行中有善就是人到哪里，就爱到哪里。如是迈入幸福之门，就抵达真善美的本质，文字自然绽放诗意的花朵。

诗与感恩

感谢养育和关爱我们的人，感谢帮助和牵挂我们的人，感谢伤害过我们的人，感谢今生有缘相识的人，所有的人加起来才是我们完整的人生！因为，所有人都是上天的使者，使我们的人生充满曲折和丰富、阳光和风雨，充实着我们每一个平常的日子，教会我们成长和感恩！感恩所有人，愿每个人幸福和安宁！

诗与青春和友谊

再多各自精彩的时光，也比不上一起奋斗的岁月，所以，我们才一起喊出：青春万岁、友谊地久天长——这是诗人永远不能丢失的美好。也所以，当一个诗人心怀青春，无论多大的年纪，诗中一定充满阳光与活力；当一个诗人心怀友谊，无论任何时候，诗中一定充满温暖与感恩！

诗与悟

一生都要面对三个巨大的困难：保守他人的秘密，忘掉曾经的创伤，清楚自己的价值。一首诗的失败，往往在于收不住笔墨，或者表现在写诗者的滥情。

诗即人生

人生四重境界：第一重把自己当成别人——无我；第二重把别人当自己——慈悲；第三重把别人当成别人——智慧；第四重把自己当成自己——圆满。诗的境界：无我乃眼中有他人，诗才有世界；视他人为自己，胸怀天下，诗乃生慈悲；视别人为别人，人生有敬畏，诗才生智慧；所谓圆满乃天人合一，即小诗大世界！

诗与账簿

一个人的成就，不是以金钱来衡量，而是一生中，你善待过多少人，有多少人怀念你。生意人的账簿，记录收入与支出，两数相减，便是盈利。诗是诗人的账簿，它记录爱与被爱，让一切美好在诗人的文字里相遇，这就是诗歌。

诗与善恶

古印度格言说："如果你种下一个念头，你收获一个行为。如果你种下一个行为，你收获一个习惯。如果你种下一个习惯，你收获一个性格。而如果你种下一个性格，你收获一个命运。"如是，向善者收获幸运，向恶者厄运临头。诗的善恶，则取决于写诗者的内心。故诗之本质乃真善美，假恶丑非诗也。

诗与自我

佛说："没有自己，则一切都是自己的。"诗歌亦然。一滴水要融入大海，才能掀巨浪，卷起山石，成为大海的同体共生，拥有博大的胸怀、无穷无尽的力量。忘掉自我，忘掉是非，融入群体，融入社会，才能真正发挥自己的价值。只有将自己融入大千世界，诗人才能抒发大众的心声，拨动时代的音符。

诗与播种

每个人的心田，如同一片宽广的土地，可以种鲜花，也可以长杂草。收获什么取决于我们撒下什么种子。当心生杂草，就会夺去丰收，结出恶果。在心田撒播真善美的种子，拔掉心中的杂草，才能在心上开出诗的鲜花，使人生一路芬芳，丰收诗的硕果。

诗与经历

因为前行，所以人们经历不同的风景；每一段风景，经岁月洗练融入身体，所以成就了最美丽的自己——感恩所有的过去，好的、或坏的——所有的，加起来，才叫人生。诗歌就是把所有经历的人生，提炼并融入语言之中，才是诗歌。

诗与梦想

诗是梦想，梦想就像星星——你也许永远不会触碰到它们，但你若跟随它们，它们会引你走向自己的命运。诗人都是梦想家，用语言跟随着自己的梦想，不知不觉地走进了自己的命运，也随之走进世界。在梦想中，不

211

知不觉，便迎来了光明与太阳。

诗的理由

谁都知道世界充满了阴暗、不公平、贫穷、无助，但是我要你知道，世界远不止是这样，我必须要你看到光、看到光明和梦想、看到奋斗和希望。也许谁都无法改变眼前的世界，但是谁都可以决定我们的未来。那就是从现在起，让我们从眼睛到灵魂，都朝向光明的一面——这是诗与诗人存在的理由。

诗与雪

错过京城瑞雪，便回忆起2009年第一场大雪，那一年大雪纷飞，鹅毛般蔓延台阶，我怀抱半岁多的聃，在北苑路上堆雪人。今年，聃在上海我在老家，回忆简单却美好。看世间繁杂，何必在心中留痕，平常心即简单快乐。虽不在下雪处，雪却在记忆的清晨亮了，这就是幸福，就是诗。记与聃。

也谈诗无用

"有什么用？"是人们的口头禅，诗不能带来财富改变生活也不能拿来办事，所以不用读不用写也不必关注。挣钱、夺权、逐名成为忙碌的理由，当下社会呈现你追我赶的焦虑。其实，当静下来读一本诗集，吟几行诗，暂且抛开尘嚣世界，奇迹或许出现，心境改变，方向脚步就变。诗无用亦为大用。

诗与爱

一个人在远方打点滴，身边无人，不免些许的寂寞；但是心里有"人"，却并不感到空虚。这个"人"有时是一个名字，有时是一群人，有时是整个世界，都包含在心中的爱里面了。对诗人而言，似乎什么都可以没有，唯独心中不能没有爱，否则写出来的只是文字，而不是诗歌！

诗是正能量

情绪是一种能量，当受到限制，被锁在身体里就形成了压力，像高压锅；当这股能量找到一个出口，就是动力，像发动机。压抑的情绪是有毒的，会成为负能量。化解压力最简单的方法是表达情绪，其根本是找到出路，将其转化为动力。由是，情绪乃表达的基础，也是诗的原动力，而诗乃正能量！

去天堂占位置

在世上，人们赤条条而来，原本单纯可爱，但为图虚名或争权夺利，为了某个位置一个个有了形形色色的变化，多少人练就了耍心眼与玩阴谋的本事，但最终还是免不了一死，岂不可悲可叹。我想，如果明天就是世界末日，他们会不会今天就自杀？答案是肯定的，因为早一天死，可去天堂占位置！

诗与"空杯"

空杯子才可装水，空房子才可住人。容器的价值在于它的空。空是一种度量和胸怀，是有的可能和前提，

213

也是有的最初因缘。佛经有"一空万有"和"真空妙有"的禅理。人生如茶，空杯以对，就有喝不完的好茶，装不完的欢喜和感动。写诗亦然，企图用它装下一切时，诗也许就什么也不是了！

诗与成功

把写诗与成功结合到一起，是一种功利主义的思想。诗歌目的，不在于让你取得多么卓越的成就，更重要的是当你被生活打回原形，陷入泥潭倍受挫折的时候，诗歌给你一种内在的力量，让你安静从容地去面对。写诗如参禅，当成为一种信仰时，也就剥离了功利的束缚，是一种纯粹的精神皈依。

诗与理想

也许，诗人的理想会接二连三地受创，但我不会动摇，因为我坚信未来的美好，我将继续追寻自己的梦想，我相信这一定也是众多人的梦想。是的，现实世界充斥着"真的不善善的不美美的不真"，诗人的理想就是让世界充满爱与光明，爱将会让真的更善善的更美美的更真，而我的一生只为爱而写作。

在通往诗歌圣殿的
朝圣之路上
——答华西文学网《名家专访》

编者按：2010 年 6 月 2 日晚，中国诗歌学会副秘书长、"中国诗歌万里行"总策划、《中国诗人报》主编、中国诗歌网总监、华西文学网总顾问、著名诗人祁人先生应邀做客华西文学网《名家专访》。华西文学网《名家在线访谈》栏目主持人蓝莲花主持专访，以下是访谈实录。

蓝莲花：尊敬的祁人老师，热烈欢迎您在百忙中入驻华西，并接受您的家乡——华西文学网的邀请，与大家一起共度良宵，一起探讨文学艺术，探讨诗歌与人生。祁老师，现在只要我们一提到您，就会想到您的诗歌《和田玉》。记得华西文学网主编亦然曾在雾灵山"中国诗歌与网络"研讨会期间写给您一首诗：

你不敢打开这扇窗扉
——给祁人和他的《和田玉》
亦然

喊一声亲娘，祁人
你就沉醉，你就微微闭着眼睛
我知道，这时你的翅膀就要降临蜀地了
这时你的亲娘就摸来开门
这时你的新娘就来掌灯
你在帕米尔高原拾起的和田玉
点燃了你回家的每一个晨曦

215

玉是透明的，你是透明的

你微闭着做梦的眼睛也是透明的

我知道，你的眼帘一打开，巴山的雨季就要来

还有故乡，母亲的洗衣板

和新娘还燃着的灯台

你无法打开这扇窗扉

像你无法打开玉镯。祁人，你一勾腰

你一声"戴玉镯的女孩，成了我的新娘"

泪水就落下来

那是诗，那是不会磨灭的珠玉

祁　人：各位文朋诗友：晚上好！非常高兴能够在此时，与大家相聚于华西文学网，暂且抛开尘世的喧嚣，自不同的地方聚集在一起，畅谈诗意人生，实在是一件令人愉快的事情。虽然是华西文学网的总顾问，却是首次上来和大家一起聊天。这里的氛围很好，可以感受到大家的热情与团结，也能体会亦然等诗人为之付出的艰辛努力！在此向大家致敬了！

蓝莲花：祁老师，顺着主编亦然的这首诗，扇面一样打开了您的逼人魅力和夺魂气质，当我们多少会员打开您博客，看到了您的诗歌《和田玉》的时候，我们感动了！据我了解，这首诗先后发表于《人民日报》、台湾《秋水诗刊》和《人民文学》，而且我还看到不仅亦然，包括当代文学界很多著名诗人、作家、评论家都对你的这首诗歌进行了评论赏析，甚至出现了百人共赏（评论）《和田玉》的喜人局面，这可以说是在当今文学界罕见的景象，也是诗歌界的哈姆雷特现象——"一千个读者眼里有一千个哈姆雷特"。那么，请您谈谈您创作《和田玉》的有关情况、情景和初衷以及社会效应。

祁　人： 谢谢读者与诗友们对《和田玉》的喜爱。这首诗创作于
2006年6月底，随即发表于当年7月12日的《人民日报》上。
写这首诗缘自于我的两次新疆南疆之行。第一次是中国
诗歌学会主办"生命之源"中亚五国诗会，那是在2004
年的夏末，中亚五国的一行中外诗人，走遍了南疆五地
州，那是我第一次到新疆的和田，并参观了最大的和田
玉加工企业。就是在那一次我感受了"和田玉"的魅力，
并为母亲买了一只和田玉手镯，它晶莹剔透、温润内蕴，
没有瑕疵，但是那一次我没能写出诗来，虽然有一种情
绪在内心涌动，我却并未找到写作的突破口。

第二次就是2005年的夏天，我率领的中国"诗歌万里行"
走进南疆采风团15位诗人再进南疆。这一次，一路上和
年轻的诗友们一同参观采风，我似乎更多地感受到了南
疆的博大、宏阔以及那些大地上坚韧的生命力，这之中自
然还包括南疆人民的热情好客，还有南疆人对于世界的
热爱以及南疆诗人作品中表现出来的对于世界的温情，似
乎都与"和田玉"有着天然的联系。这使我开始重新审视
南疆大地和南疆人民，也开始重新感悟和田玉的价值。

从20世纪80年代开始写诗到现在，算起来写了近二十多
年的诗歌，但是当有一天突然发现竟没有为自己的母亲
写过一首诗，哪怕是一行赞美母亲的诗句。为什么呢? 这
个问号给自己提出来了。将自己抚养成人的母亲啊，如今
仍在川南老家那一座小城里，时常守护在窗口往外张望
着，盼望着远方的儿子归来。而曾经以一个诗人自居的
儿子竟然没有为生养自己的母亲写上一行感恩的话，哪怕
是一个词。这种发现和自省使我的内心背负着巨大的压
力，情感在内心涌动着。我当然有着许多想要表达给母
亲的心里话，有着想要写给母亲的赞美诗。但我在寻找
一个通道，寻找一个出口，寻找一种能借以献给母亲的
最为完美的形式，当然一定是诗歌的表现形式。而这一
切仿佛是在等待天机。直到有一天终于到来了。

就是在南疆之后不久，我带着女友梅梅回老家去看望父母，想让母亲看看这个未过门的儿媳是否合适，希望我们俩的爱情能得到父母的认同。当然，我们的恋爱得到了父母的赞许，母亲以最为传统的方式表达了对我们的祝福：她亲手将那一块"和田玉"戴在了未来儿媳妇的手上。这是母亲最为庄重、最为深沉的爱，她和父亲的祝福加速了我们由恋爱迈向婚姻的步伐。2006年6月18日，在我的生日，我和梅梅在北京举行了婚礼。父母亲因远在四川老家没有到婚礼的现场，但梅梅手上戴着的和田玉镯，是我们婚礼上最珍贵的礼物。就在举行婚礼的前一天，我怀着无法平静的心情，几乎是一气呵成地写下了《和田玉》一诗。不久，便发表于《人民日报》的《大地》副刊。

我还清楚地记得，《和田玉》在7月12日《人民日报》发表的当天，便接到著名蒙古族诗人查干先生和广东佛山诗人张况等人的电话，谈读到这首诗的兴奋与感动，赞誉这是难得的一首好诗。我的朋友、云南省红河州委书记罗崇敏的秘书杨明志正在恋爱准备结婚，读到这首诗后，马上发短信给我，说这是他阅读记忆中最能打动他灵魂的诗篇，希望我能亲手书写一份《和田玉》赠送给他作为纪念，因为他马上要结婚，想在婚礼上作为礼物，为自己母亲和新娘朗诵出来。这令我非常感动。

我想，这可能就是一首好诗应该有的回应吧。该诗随后在诗坛引起连锁反应，几乎所有的诗歌报刊都转载了《和田玉》，包括《人民文学》和台湾的《秋水诗刊》，众多的评论家和诗友、社会各界人士纷纷撰文给予了高度评价，再后来就有了一本由诗评家谭五昌博士主编的评论集《〈和田玉〉的123种读法》。这里面最令我感动的是上海老诗人黎焕颐病重住院期间，还提笔撰写了一篇短文，之后不久便去世了，这篇短文也成为了他生前的评论绝笔，后来我将他的文章交由《解放日报》副刊发表，以此纪念老先生。

在《和田玉》的评介文章中，作者涉及各个阶层，各个年龄阶段，最年长的是大翻译家、老诗人屠岸先生，年龄最小的是北京的一位六年级学生。123篇文章中有80多篇在各级报刊公开发表，华声在线《精英博客》注意到这个现象，特别开设了"祁人诗歌专题"，青海卫视在《诗语社会》的栏目中也就这个现象做了专题访问，数十位网友的博客转发了该诗，这些都在一定程度上扩大了《和田玉》的传播与影响力。

青海卫视主持人欧阳晖在访谈中曾问我"这首诗引起轰动的原因"，我的回答是："之所以引起关注，主要还是诗歌应该怎么写，怎么样才能最好地传递诗歌精神，这恐怕是引起人们共鸣的原因。"

蓝莲花：祁老师，您是四川籍诗人，近十多年来，虽常住北京，却心系家乡。汶川大地震后，您以一个诗人特有的敏感和高度的社会责任，在震后第二天就以中国诗歌万里行的名义号召诗人们行动起来，发出了"抗震救灾诗歌专号"紧急征稿的通知，并用短短的五天时间就编辑出版了诗集《感天动地的心灵交响》，并制作了影像资料，随后你们又与广东省中山市委宣传部、中山市共同组成了"中国诗人抗震救灾志愿采访团"，并在您的带领下亲自深入灾区一线采访救援。无独有偶，今年青海玉树发生地震后，您和一些诗人组成抗震救灾志愿团又亲临玉树灾区，那么您作为一位著名诗人，两次深入灾区一线。请问：您为什么要这样做，单单因为您是四川人吗？你们做了哪些有益的工作？在抗震救援一线的岁月里，您最深的感受是什么？

祁　人：在一场灾难面前，亲临灾区现场，我们需要表达的是，作为一名诗人仅仅拿起笔来还远远不够，我们需要为灾区为社会做的还有很多很多，写诗只是另外的一回事。就我个人而言，是不是四川人并不重要。在汶川大地震的时候，那么多的全国各地的志愿者，他们不是四川人，但他们都以自己的方式身体力行赶往灾区，他们比我做得更好，更值得我的尊重和学习。

作为志愿者，其实我们需要做的很多，除了汶川大地震时在成都当搬运工，还有做一些心灵疏导的工作，慰问抗震救灾官兵，等等。

在那些日子里，感受最深的就是，人与人之间的真情，在灾区得到了体现，使我们诗人思考如何在平常生活中坚守这样的真善美的情愫。其实当你心系灾区的时候，等同自身感受的时候，你所在的地方就是现场，是心灵的现场，它可以穿越时空抵达灾区人们的心灵世界，这也是一份温暖和力量！

蓝莲花： 听说您不是从报刊，而是从电台《小镇之秋》《命运之门》启开了诗歌的大门。作为一位在电台媒体工作的我，对这一现象很感兴趣。我想知道：您当时投稿为什么会选择电台？您认为电台、电视、手机媒体对于诗歌有什么重要影响？

祁　人： 看得出来，你们的资料搜集很充分啊。

这要回溯到20世纪的80年代。那是一个新诗潮蓬勃的时代。那时不像现在资讯这么发达，人们接收信息的渠道很有限，无非就是报纸和电台，电视虽有却并不普及，内容也不丰富。我身在一个川南小镇，听收音机便是最好的选择。在当时我所收听到的全国各地电台节目中，四川电台的《文艺听众之家》是一个很受欢迎的栏目。我之所以喜欢这档节目，也是因为它会在节目中播诵听众的诗歌作品，所以这档节目也吸引了众多的文学爱好者。那时，作为一个文学青年，我自然也不例外。

应该说，电台节目不受场地的限制，只要有一台很小的收音机就可以随时随地收听到，电视则需要有相对固定的场地和接收器。随着科技的发展，手机的运用已经深入到每个人的生活之中，可以说发挥着越来越重要的作用。尤其在传播信息、交流、互动等方面，手机的优势超越了电台、电视。

我以为，从过去单一的通过电台被动收听，到后来可以通过电视台收看诗歌朗诵节目，到运用手机进行现场创作、上网发布作品，迅速得到网友的跟帖交流互动，对于诗歌创作的繁荣起到了积极的推动作用。虽然其中存在着创作的随意性、作品还显粗糙、不够沉淀，少有精雕细刻，但总的趋势还是促进了诗歌繁荣和发展，是积极的、有益的。

蓝莲花: 从您的博客里我们了解到，您不但为推动中国诗歌的发展和建设做出了重要奉献，而且写了很多知名的诗章，可以看出，您已经把诗歌视为自己终身的事业。请问：您为什么如此醉心于诗歌？您认为诗歌对诗人的人生和社会有着怎样的影响？您为推动诗歌事业的发展，做了哪些您最为满意的事？

祁　人: 第一个问题要我回答的话，很简单，因为我意识到，诗歌对于人生有多么重要。或者说，诗意的人生对于一个生命有着怎么样的意义。自20世纪80年代以来，在近三十年的诗歌创作与追求中，我切身体会到了诗歌带给我的享受。我曾经在回答一些媒体的提问时，说过"我是一个幸福的人"，今天我仍然这样回答你，我之所以如此醉心于诗歌，就是因为诗歌给我的生活与人生带来了无比的幸福感。我白天从事的工作、思考的问题、乃至夜里所梦的，都是与诗歌相关的事情，都是与真善美密切相联的。所以我的兴趣爱好与工作事业是如此的相一致，如此的和谐，我能不充满幸福感、能不享受在其中、能不醉心于行进在这条诗歌之路上吗？

你的第二个问题提得很好，这是一个我们每个人都曾忽略的、却都应该思考的问题。

曾几何时，有一种观点，认为在市场经济时代，世风浮躁，人们只需要休闲和娱乐，而无需诗歌。我想，持此言论者，要么不懂得诗的意义，要么根本就意识不到诗意的人生对于人的生命的重要性。我始终坚信，生命的意义在于除了满足基本物质的需求外，更重要的是寻找到精神的寄托。无论生活在哪个时代，人们其实都行走在一条寻找心灵归宿的跋涉之路上，而诗歌其实就是最为理想的途径。即使在人心不古、拜金主义盛行的当下，仍然有不少的人在热爱着诗歌，追求着诗歌，比如你、比如我、比如亦然、比如华西网的各位版主和喜欢诗歌的网友们，之所以聚集在这里，还是一种精神的力量在牵引、在召唤，所以我们都是行走在同一条通往诗歌圣殿的朝圣的路上，我们都是缪斯的信徒。

在推动诗歌事业方面，作为一名诗歌艺术工作者，虽然做了一些力所能及的事情，但已经进行和正在实施的各项工作还谈不上很圆满，路还很长，所幸我们仍然走在路上。应该说中国"诗歌万里行"起到了很好的诗歌普及与推广作用，但还不能说就很满意了，还有很多需要总结的经验教训，而今后的"诗歌万里行"也会更成功、会更能发挥诗歌的传承传播作用。

蓝莲花： 您认为诗歌是生命中不可缺少的一部分，是陶冶操守、升华灵魂、铸就精神的重要境界，而您作为中国诗歌学会的常务副秘书长，您不仅喜欢写诗，而且热衷于诗歌活动。最近几年，您策划了很多活动，比如"青海湖国际诗歌节""中国诗歌万里行"等一系列重大活动。那么，请问：您认为这些活动对当前诗歌的发展具有什么重要意义？在这些活动中，您最成功的活动有哪些？您将怎样继续为强化诗歌精神做出努力？您的推动诗歌发展的未来计划是什么？

祁　人：首先要纠正一个说法，关于"青海湖国际诗歌节"，我是作为主办单位之一中国诗歌学会副秘书长参与了最初的考察和策划方案的起草，但真正的策划者和创意完全来自于著名诗人吉狄马加，如果没有作为时任青海省副省长的决策，这一项国际性的诗歌大举措是不可能实施的。当然，也有一些由我策划和实施的大型诗歌项目，譬如中国"诗歌万里行"大型文化工程，也得到了全国各地诗人的积极响应和支持。还有我倡导创办中国诗歌网，这个网站如果没有诗人周占林的具体实施，也不可能存在。同时，我也参与过一些大众性的文化活动，比如参加首届中国网民文化节的中国博客大赛等，我以为"应该做一些'功夫在诗外'的努力"。

这些年，我始终在思考一个问题，我们的诗歌首先不能仅仅在诗人圈子里转来转去，她更应该回归到大众之中，普及和推广一种诗意的人生追求，这样才能更好地传承、发扬中华民族的诗歌传统；更重要的是，在全球化的背景下，作为代表中华民族精神文化精髓的汉语诗歌，如何走出国门，在与世界各民族的文化交流、融合中，为世界的文明和进步，奉献中国诗歌的智慧。这些方面还有很大的空间，有待我们做扎实努力的工作，这是当代中国诗人应有的使命感和责任感，是我们未来应该努力的方向。

关于最成功一说，我认为应该是越来越成功的，比如中国"诗歌万里行"，走过了全国二十多个省市的三十多个地区，那么自然会有一些经验的积累，相信以后"诗歌万里行"会走得更为成功。今后的话，我们的诗歌尤其是新诗首先仍然要做好普及和大众化的工作，也就是突破诗人写、诗人看的圈子局限；作为一个诗人，我将努力地将中国"诗歌万里行"走出国门，走向各大洲走向世界，像孔子学院那样真正起到传播中华文化、弘扬中华精神的作用。

蓝莲花： 有人说，写诗是一项极其私人化的事业，需要耐得住清贫和寂寞，需要远离政治、远离活动而独处一隅。但是，我从您身上却看到了相反的一面，这几年您既活跃于各种诗坛活动，却又一直为读者奉献了很多受益无穷的精神粮食，那么，请问：您是怎么处理创作与活动之间的关系和矛盾的？您认为诗歌与政治，与生活具有怎样的关系？

祁　人： 对于我来说，工作就是组织诗歌相关的活动，而个人创作则是业余的。虽然每个人的情况不同因人而异，但创作和工作是可以处理好的，两者并不矛盾。

只要生活在现实社会之中，可以说每个人都跟政治息息相关。比如物价上涨了，会影响我们老百姓的生活，这原本是生活方面的，但国家有没有采取一些措施抑制物价的上涨？你有没有关注过这些政策的出台？这便是政治。再展开去说，中国经过30多年的改革开放，经济获得了高速的发展，中国在国际事务中有了更多的发言权，那么，中国文化在国际形势下应该发挥什么样的作用，做些什么贡献？你思考过没有？这也是政治。

很长时间以来，我们总是在责问：当代为什么出不了大作家大诗人？恐怕还是因为作家诗人们大多只关注与自己直接相关的事物，或者仅限于关注自己的小圈子，很少有人能够放眼世界、关注那些离自己似乎很远的世界，其实将世界放在自己的心中，他的思维、思想和行动就会开始一点一点"大"起来……大师也许就是这样产生的。

蓝莲花: 您是四川人，李白也是四川人，听说四川人很能喝酒，"李白斗酒诗百篇"，请问：您认为酒对诗人的影响是什么？四川的地域文化对您写诗有着怎样的影响？家乡的风土人情与乡情对于您走向诗坛有哪些重要影响？您的最投入的乡情诗歌是哪些？

祁　人: 酒对诗人的影响当然是讲真话，写真诗，抒真情！

古有李白"天子呼来不上船，自称臣是酒中仙"，表现的是一种诗人的豪迈，不为权贵所驱使；当代有巴金先生的"讲真话"，提倡的是与假话绝缘。他们表现的都是一个"真"字。而酒天然地便有一种豪放和坦荡，而诗人的真诚与坦荡，注定与酒结缘。

四川的地域文化对我的影响就是"内秀"。四川人不善于表现自我，但能够潜修内功，也许做不到影响他人，但至少可以自修自为。

关于乡情诗，我有一首《小镇之秋》写于八十年代，今天读起来自己觉得还有些回味："在小镇的古巷里，缠绵的秋雨润湿了我的乡情，乡情如一只带露的相思鸟，飞不出故乡的雨季。"

蓝莲花: 中国诗歌从古"诗三百"到唐诗宋词的鼎盛时期走向现在，有人认为诗坛处于低迷，甚至诗歌诗人的尊贵被市场经济的浪潮冲击得荡然无存，而今却被网络诗歌拾起，成为认识百千个汉字的人都能分解成诗的时代，尤其是博客的出现更加推动了文学以及诗歌的写作。据报道，2008年度，你获得了"中国十大诗人博客"荣誉称号，2009年你又获得首届网民节"中国十佳博客"。请问：您对于中国诗歌的总体走向有什么预期或者估量？您作为中国诗歌网的总监、华西文学网的总顾问，您对于网络诗歌的现状与未来有什么评论和展望？您认为网络诗歌有什么亟待改进和提高的地方？您认为诗歌的媚俗化，低迷化，甚至下半身化的根本原因是什么？您认为诗歌需要主流精神，而您以为的主流精神是什么？怎样克服和导向诗歌的主流？

祁　人：中国的诗歌走向当然是越来越宽广，尤其是在对外文化交流上，再没有比诗歌的形式更能增进与世界人民的友谊，成为民间最好的文化交流方式。

网络诗歌最大的功能就是扩大了诗歌创作的生力军，任何现代信息交流工具都是为人所用，为人服务的。网络诗歌必然要从混沌走向明朗，网络诗人也必然会为当代诗歌的发展做出积极的贡献。

关于下半身的讨论太多了，还是一个为谁写的问题，我就不再作回答。

什么是主流的问题，其实"主流"并不新鲜，几千年来中国诗歌只有一个主流，就是真的、善的、美的，这就是主流，也就是我们说的主旋律！

蓝莲花：代问两个网友最为关心的关于创作方面的问题：您认为怎样创作出来的诗歌才能引起读者的共鸣？您认为什么诗才算是好诗？

祁　人：这首先要解决一个问题，就是为什么而写，或者说为谁写的问题，而不是写什么的问题。

如果你只写给自己，那就可以随心所欲；

如果你写给所爱的人，那就用心写她喜欢的；

如果写给男人们看的，那就阳刚一些；

如果写给女人们那就柔美一些；

如果写给所有的人看，那就想想他们关注什么、需要什么……如果这个问题解决了，那么就知道什么样的诗歌能引起多少人的共鸣了。

我想，一首诗由作者写出来后，首先能经得住自己的反复阅读和琢磨，那么应该说这是"真"；如果一首诗能给人一些心灵上的抚慰，那么这就是"善"；如果一首诗还能给人更多的启迪，令人回味无穷，那么这应该就是美的。这样的诗自然是好诗，诗人就应该这样写并写出这样的好诗。

蓝莲花：祁人老师，感谢您出任作为西部的一个重要的文学网络——华西文学网的总顾问。您作为从大巴山飞起的云雀，作为巴蜀大地文人的旌旗和巨擘，请问：您对于亦然和一批华西同仁的华西文学网有什么期望、建议和寄语？

祁　人：今天感受到华西网如此热烈的文学氛围，我非常高兴与大家交流，今后当然愿意常来逛逛，与诗友们共话诗情人生。

谢谢亦然、蓝莲花、合心及各位华西文学网的版主会员们：正是有你们这样甘愿为诗歌奉献的同仁，诗歌才有了更美好的未来！我们在不同的地域，为诗歌做着共同的努力，在这里我以诗友的名义，向你们致敬，祝各位身体健康，家庭幸福，诗意蓬勃！同时，祝愿华西文学网：五光十色呈异彩，万紫千红总是春！

尾声

诗和云雀的共鸣
——写在祁人先生做客华西文学网《名家访谈》之后

合心

读祁人先生的诗歌有一种朋友间面对面说话的感觉，溪水般缓和流动，水中倒影有你、有我，还有他……这是一群和云朵、树草、花儿一样纯朴的孩子。

就像今晚华西的这场欢聚，一屏之隔却可能是千山万水，但我们仍然融化在他的气场里，平静中却有着一种坚定的力量，我想这就是诗歌的声音吧！

诗歌是灵魂的语言，是最高的语言艺术。一个灵魂发出的声音与自然越发接近时，他外在和内在的生命就越发和谐，所产生的气场也就越发鲜活。当我们用心阅读祁人先生的诗歌时，我们能够聆听到一个声音：诗歌与自然的美并肩而立！德国哲学家雅斯贝尔斯说"最有力的、最真实的、最不虚假的语言是随意性的语言，当我们完全是我们自己且完全停留在事物上时，它才会产生"。祁人先生的诗歌恰恰证实了这一观点，诗句无华丽词藻、无雕琢之痕，完全是轻松随意的口语表达，而这种口语营造的气场更易让人进入。今晚祁人先生关于诗歌艺术的精彩表达，正好形象地找到了这样的注释——朴素与深刻的呈现。

我们不知道你是什么；
从彩虹的云间滴雨，
那雨滴固然明亮，
但怎及得由你遗下的一片音响？

在这首雪莱的《致云雀》中，我们都能找到可以比拟祁人先生的意象。亦然主编说他是故乡的骄傲，是从大巴山起飞的云雀，更是这片故土"向上，再向高处飞行，从地面一跃而上，像一片烈火的青云"的上下求索的行者！是的，他是云雀，他是一名挚爱诗歌的行者，是创造美、超越美，追求生命乐章，完善诗歌精神内核的云雀！

诗坛好盛世，华西传佳话！这是华西文学网组织的第二期华西在线《名家专访》。在这里，我们曾看到著名诗人潇潇的诗性魅力，今晚我们又感受到了著名诗人、诗歌活动家祁人的大家风采，他们都是天府之国哺育和润泽的儿女。你听：此刻，在这块人杰地灵、名家辈出的土地上，诗歌之花正如火如荼地生长着、盛开着。

最后，让我们再一次以最热烈的掌声感谢祁人先生来到华西，他与我们的精彩对话，让我们对诗歌的真诚与精髓有了更深刻的理解和参悟，对诗歌与人生、亲情与大爱有了更直接的感受；同时我们也要感谢前来指导参与此次专访活动的李青先生和为本此活动付出辛勤劳动的华西会员，并真诚地祝福大家！祝福华西！祝福诗歌！

（原题为《祁人，从大巴山起飞的云雀》，原载《四川科技报》2010.6.18）

附

录

戏说祁人

朵生春

打开这个世界上记忆力最强的电脑，有关"祁人"的条目多矣。"祁人"这个名字很少人用，从古至今，也就两人。前者存于青史，数百年后，我们能从故纸堆里搜寻点滴芳迹，知道此公乃晋地名士，曾留下许多言语，但不翻史书，我们就想不起来。另一个，就是下文要说的这个人。

第一次知道祁人时，我在甘肃，在八月即飞雪的胡天胡地，教那些牧民的后代什么是辩证唯物主义。现在想来，实为可笑，因为唯物辩证法与"风吹草低"实在没有多少关系。那时弟子中有好诗者，在我授课之际，偷读诗书，被我当场擒获，将读物暂时"扣押"，放了多日，竟无人来取。我也就得以抽空将那册诗刊读完。其中有诗笔力苍健，意趣突兀，实为上乘之作。署名祁人。学期终结之时，才有人来取刊物。我问他，这本书谁的诗最好，说对了，我便还你。回答说：祁人。师生所见略同。

这已是十五年前的事了。十五年后，我那位读诗的弟子已成文学博士，而我那些不读诗的弟子们竟多从商入流了。现在想来，倘若要培养一个博士，那就应该让他读诗，如果要培养一个商人，那就别让他读诗。

认识祁人，是在中国全面走向市场经济之后。其时，北大已将南墙推倒，而我们蜗居的25楼，正好在南墙边上，双耳整日整夜的施工声音。后来有人评说北大推倒南墙的是非，我并不在意，我在意的是，时至今日，每每梦回母校，耳边仍然有挖掘机、搅拌机的轰鸣声。可以想见，那时是怎样一种情状。

一日，叫做女侠的诗人萧，要我们去参加一个诗人聚会，这正合了我们被机器声折磨透顶的心意。于是，数人浩浩开去。聚会地是在北海边上，我们到时已有数十人在座，多为诗界名流，如温文儒雅的张同吾、意蕴深沉的韩作荣、笔锋如刀的朱先树以及同辈伍立杨、洪烛等。数年之后，从祁人的第四本诗集中，我看到他写的张同吾，写活了。

在这次聚会上，我认识了祁人。席间饮酒无数，归时高歌不息，到第二天才听萧说，昨日乃祁人生日。我们方觉得过意不去：祁人如是，只是为了让朋友们尽兴，而我们在尽兴之中，却忘了一句"祝你生日快乐"。

这之后，与祁人渐通电话，间或会面。记得他曾携夫人到北大去看过我，我也有机会常往他那里，年复一年，相交日深，竟成莫逆。那些年，祁人办公、住宿都在一起，地处旧鼓楼大街西绦胡同。每次我去，走过长长的走道，尽头处拐弯便能看见祁人，还有他的妻子和儿子。他给儿子起名诗扬。诗扬那时刚刚会跑，顽皮而机灵，常在大门口玩，看见我转身就往屋里跑，我老是担心他在下台阶时绊倒，可是我提着的心还没有放下，他早就到了屋里——如同后来，我因故数年未和祁人见面，再见面时，诗扬已成"小伙子"一样，让人吃惊。

那时，祁人几乎每年筹备生日晚会，实际上是为朋友们找一个放开肚皮喝酒的理由。朋友们自八方云集，席间歌吹杂作，不亦乐乎。"祝生日快乐"之类，他有时能听到，有时听不到，有人说，有人不说，说与不说都一样，大家心照不宣。高朋大醉而归后，剩下微醉的祁人，迷迷糊糊从记忆中捡拾早年的诗句：*生命如一支响翎的箭／在黎明时分射进夏日／……坠落在6月18号的日子……*

走出校门之后，东西奔波的我和祁人失去了联系，一别数年。再次见面，是在北京大学成立"中日诗歌比较研究会"之际。此研究会，会长刘德有一人，其余副会长。祁人乃此研究会顾问。顾问不多，三五个望众者而已。士别三日，当刮目以待。仅仅数年，祁人在诗界影响与日俱增，其人其诗在诗坛已耳熟能详。《光

231

明日报》《文艺报》《中国青年报》《中国艺术报》《文学报》《中国新闻出版报》《博览群书》《东方明星》《中国文化报》《当代文坛》等先后发表了对其人其诗的评介文章。在研究会上，祁人的诗集《命运之门》作为与会者的赠品，分发于学界大师、外国友人。我看几个日本诗人——在中国他们不怎么有名，在日本他们却是称雄一方——非常恭敬地捧《门》细读：这个的，中国的有名的诗人。祁人不懂日文，我也听不懂日语，可是这几个日本诗人，汉诗造诣高深了得，他们的汉语，除了多几个"的"外，你挑不出别的毛病；他们的书法，却早已超过我等远甚。大洋彼岸的那个岛国，至今仍然传袭泱泱大国的文化遗绪，而泱泱大国的新新人类们，早已将诗书才情置之脑后，其中的变故，不是三言两语就能说得清的。现如今，东京大学教授的案头，放着一本薄薄的《命运之门》，印装质量较差，是中国技术不如东洋的明证，但技术性无法遮盖诗性之光：偶然之间／你轻轻一推／命运之门便启开了／／……偶然之间／或者于想像之外／你轻轻一击／岁月之河便解冻了／命运之门／亦然洞开……

近年来，祁人先后策划、主持了一系列具有广泛影响的活动：他主持的首届"美岛杯"全国网络诗歌大奖赛，开全国性网络诗歌赛事之先河；"以南丁格尔的名义"诗歌朗诵音乐会，为中国诗歌学会赢得了民政部授予的"抗击非典优秀全国性社会团体"称号。他主持的中国诗歌学会成立五周年"北京诗会"，云集各路诗坛精英。他策划并担任顾问的"中国文化名人故乡行"电视系列片《吴玉章与荣县》在CCTV-3《岁月如歌》栏目播出后获得好评。而祁人正在策划实施的"中国诗歌万里行"以及"中国诗歌热线"等无疑将为中国诗坛增添一系列亮丽的风景线。

那次研究会之后，与祁人交往比《将进酒》中所举之杯更加频频，或一周两晤，或一月八晤，数月间，祁人酒量大增，于是极尽诗书歌吹，赏遍风花雪月，好风光整整两年。两年中，祁人留下许多佳作，部分收于作家出版社2001年出版的《掌心的风景》。除诗之外，也留下一些传闻。诗作请看官自去赏读，传闻大多数人未必知道，录几则于此，略作订正：

祁人酒量大——朋友们都说祁人好酒量，或曰一斤，或曰两斤。实则祁人无酒量，有时三两杯啤酒下肚，他已然露出醉态；有时彻夜狂饮，豪饮者已不省人事，而祁人却清醒如初。

祁人多情——说祁人多情，此言不假。诗人不多情就不是诗人。朋友间流传一则趣事，说某日祁人等相聚于酒楼，其中某女母亲担心女儿吃亏就随同前来，想不到最后母女二人均心仪祁人。这则传闻估计有误，最多也只是母亲不管女儿的交往罢了。

祁人无情——传说有才女某某，暗恋祁人，交往数年，无所事成，终悲伤欲绝，留下一言而去，言曰："最多情人最无情"。此传闻可能是真的。祁人与朋友相聚场所，往往美女如云，有一二暗恋者也属常事。

当代柳永——传言祁人常常混迹于京城的勾栏瓦肆之中，你带朋友去这里，如果报上祁人名号，结算时可得到折扣，倘若祁人在场，常常是分文不取。不为别的，只因这些男男女女喜欢祁人的才情。如果祁人生在北宋，这可能就是真的……

传闻只是传闻，只有祁人是其人。

真的祁人存于朋友们的记忆里，尽管朋友们的记忆力没有电脑强大，但远比它更长久，不会因为感染病毒就什么都找不到了。

2002年岁末的某夜，酒后的我被恶梦惊醒。我虽不宿命，但仍然一身冷汗。眼巴巴等到天亮，清晨6时就给祁人打手机，让他赶紧从佛山返回。后来什么事也没有发生。但几个月后，得知祁人滞留佛山之时，中国第一例"SARS"病例就在那里出现。遥想当初祁人与"非典"擦肩而过，才觉得梦并不全是虚无飘渺的。

当"非典"袭扰京城之时，与祁人的交往只剩下电话、短信、电子邮件。我只好在这些封门不出的日子里，看看他的诗作，回忆点滴往事，默默祈祷平安。2003年夏记于非典侵扰之际。

原载《文学报》2004 年 7 月 22 日

朵生春，笔名朵朵，毕业于北京大学作家班。著有《中国改革开放史》《矛盾的中国人》《严重的时刻》《第四帝国》《文人末路》等。现为中央电视台新闻评论部策划。

祁人：中国诗歌万里行

洪　烛

我不敢说祁人是为诗歌而生的，但我敢说：祁人是为诗歌而活的。

从青春期开始，直到中年，他的生活一直与诗歌紧密相连。诗歌是他的指南针，他的方向盘，既是他的目标又是他的跑道。

旧鼓楼大街西绦胡同 13 号

上世纪80年代，祁人在老家四川荣县，就参与进红火的诗歌大潮，广交天下诗友，编选了好几种青年诗选，由出版社出版了。众所周知，四川出诗人，流派林立，祁人在其中并不是最抢眼的，后来的事实证明：他是走得最稳的，坚持得最久的。

好多人都忽略了祁人原来是四川诗人的身份，因为他很早就走出四川了，走向北京。祁人这种人，不会满足于终生做一位地域性诗人，他的眼界开阔得很。

1986年，祁人第一次来北京，在人民大会堂领了个诗歌奖。散会后他借了辆自行车，沿着大街巷小胡同骑了一大圈，就爱上这座有诗人艾青居住的城市。仅仅在第二年，他就辞去老家那份铁饭碗的美差，不是为了下海做生意，而是来首都追求缪斯女神。

在那个市场经济大潮即将掀起的年头，写诗的成功率比下海小得多，要想获得缪斯的青睐，简直比登天还难。在精神与物质的取舍方面，祁人义无反顾地做出自己的抉择：宁做缪斯的情种，也不做财神爷的走卒。

祁人是为诗歌而来的，想为诗歌做点事。当时旧鼓楼大街的西绦胡同13号西门，有个艾青题词的中国新诗讲习所，租了某老式办公楼的整整一层地下室。负责人是何首巫，祁人承包讲习所以举办活动为主的"中国诗人培训中心"。我就是那时候认识祁人的，去他组织的几次全国性诗歌讲习班讲过课，也通过他这个诗歌"据点"，认识了更多天南海北的诗友。

我们都属于比较早的那拨"诗歌北漂"。我是1989年大学毕业分配到中国文联出版社，租过农民房，睡过书库，后来才分了间8平方米的小宿舍，精神上仍觉得自己是"漂"在北京。祁人比我"漂"得更狠，他每月的生活费都要靠自己去挣、去创收，租的那间地下室既是办公室又是柴米油盐的家，算是最早也最简陋的"商住两用"吧。

可就是在那一溜光线幽暗的半地下室，却为那个年代留下众多诗人的足迹，使诗歌的星星之火得以延续、得以燎原。就是在西绦胡同，参加祁人策划的各种诗会，我结识了牛汉、张同吾、朱先树等前辈，又与年轻一代的陆健、伍立杨、商震、李犁、雁西、朵朵、张况等成为密友。我们都是西绦胡同的常客，总是带着取暖的愿望奔向那溜地下室。那里有祁人，有祁人就有更多的朋友，更重要的，是那里有诗歌。别看当时北京已有二环，正在扩建三环，未来还会有四环、五环，偌大的京城，有诗歌的地方并不多。西绦胡同的地下室虽破落，在我眼中却是带光环的，那里有缪斯女神的沙龙。

创办中国诗歌学会

在20世纪90年代，诗歌的低谷期，我们这些诗友正是靠互相拥抱着，而把梦想坚持了下来。有了西绦胡同这个根据地，诗歌对于我们不仅是写作方式、思想方式，还成为社交方式、生活方式。它像空气一样不可缺少，又像空气一样不离我们左右。

我和祁人同为泛叙实诗派。子午写过一篇《泛叙实诗派及其新的叙事话语方式》："泛叙实诗派形成于90年代初。当时，有一批来自不同省份的文学青年陆续来京寻梦，并较集中地汇聚在北京旧鼓楼大街附近的西绦胡同13号西门。因为这里有一个以文怀沙、艾青、邹荻帆、张志民、牛汉等老诗人所热心扶持的中国新诗讲习所。于是，这里便成了这些诗歌北漂们的一个主要活动场所。而更重要的，他们已拥有彼时具有相当影响及实力的《中外诗星》《中国诗人报》等诗歌报刊阵地。在这批已先后活跃于八九十年代诗坛的青年诗人中，偏重于诗歌写作、编辑和诗歌活动的祁人、陆健分别来自四川、河南，偏重于诗歌理论研究和诗歌写作的子午（即呢喃）则来自广东。此外，还有一些实力青年诗人也以不同方式与他们保持着长期、稳定的诗歌及生活交往。如田原、洪烛、王明韵、阎志等。"

1994年前后，祁人配合著名诗评家张同吾老师，创办了中国诗歌学会。诗歌的路更宽了。可他们创业阶段也付出大量的辛劳。有些我是知道的，有些他们根本没跟别人说。祁人和他的恩师张同吾在这个方面非常相像：都觉得为诗歌吃点苦是应该的，是值得的，甚至以苦为乐。我只盼望，若干年后，或若干年后的若干年后，他们能在回忆录里，记载下创业时的艰难，记载下自己为诗歌铺路搭桥而走过的更为漫长而崎岖的征途。我现在只能去想象。但我甚至已想象出了自己的读后感：正因为有无数这样虔诚、这样勤劳的诗人存在，中国的诗歌是不会死的（虽然前两年早有人说"文学死了"），中国的诗歌是有福的。

诗歌通过诗人变得强大

新世纪以来，诗歌果然升温了。诗歌作为精神是无形的，但诗歌会通过诗人团结更多的诗人，诗歌通过诗人的自强不息而变得强大。

祁人对新世纪诗歌的重要贡献是策划并组织了中国"诗歌万里行"。

这个系列活动自2004年在湖北秭归（屈原的故乡）举办启动

仪式，如今已走遍天南海北几十座城市。我曾经跟随中国"诗歌万里行"采风团，走访过云南楚雄、祥云，浙江海宁、开化、天姥山（新昌），江苏南通，安徽宿松，四川攀枝花，广东中山超人集团，湖南益阳……

"万里行"以激发诗人写作为一大功能，我每去一地都写诗。尤其2005年走进新疆南疆，回来后我陆续写了四百首短诗组成的诗集《西域》（已由中国青年出版社出版）。毫不夸张地说，如果没有祁人，我这几年不可能写那么多的诗。难怪诗人朵生春说"祁人，奇人也"，他是能激发周围的朋友、给朋友带去力量的一个人。

最难忘的还是2008年"5·12"汶川大地震后，5月22日，祁人就带领中国诗人志愿采访团抵达四川灾区，我们在成都货运站搬运救灾物资，又购买了学习用品去北川、都江堰、什邡、绵竹、江油等地捐献给灾区儿童，沿途遇上余震和山体滑坡。那段时间祁人尽可能理智而有条理地安排着这批诗人志愿者的行动，但我能感受到他内心深处的疼痛和波动。

这一次，他这个四川人，居然以这种方式回到四川。他这个四川诗人，如此悲伤地回到李白的故居、杜甫的草堂，回到自己的故乡。

为了安慰他，我写下那首《我的四川》：从今天起，我要给自己追加一个故乡：四川／一个人可以有两个故乡吗？／如果你愿意的话……／从今天起，所有四川人都是我的老乡／……四川，除了你，再没有哪个地方／让我流过这么多的眼泪！

祁人，从2008年5月的那一天起，我们就不仅仅是诗友，而且是同乡。你就把我当成一个说南京话的四川老乡吧。2008年5月，在四川，我和祁人那持续16年的友谊，不再仅仅有诗、有酒、有旅行与风景，还承受了余震、堰塞湖、山体滑坡的威胁，经历了生死的考验，成为同甘共苦的患难之交。

2008年5月，我对这位老朋友又有了新发现：我不敢说祁人是为爱而生的，但我敢说祁人是为爱而活的——他就像爱故乡一样爱诗歌，又像爱诗歌一样爱故乡。当然，除了诗歌与故乡之外，他还爱亲人、爱朋友、爱生活，爱一个诗人应该爱的一切。他是一位博爱的诗人：缺什么都可以，就是不能缺少爱。

献给自己的母亲, 献给自己的新娘

祁人一直关注诗人博客的开设和博客诗歌的发展，相信它掀起网络诗歌的新浪潮，并且已成为中国诗歌的重要现场。2009年1月，世界汉诗协会推荐"2008中国十大诗人博客"，祁人和我的博客都入选其中。

既"揭"了祁人的"老底"，又谈了祁人的近况，说了这么多，还没来得及评价一下他的作品呢。就用一句话来概括吧：祁人的所有诗都是广义上的爱情诗，都是博爱的诗。

但我还想解读一下祁人近期代表作《和田玉》——

情感，永远是诗歌的主旋律。源远流长的人类情感，为诗人们的创造提供了丰富的素材与持续的动力，真可以说是万古长青。做一个优秀的抒情诗人，仍然是值得骄傲的。但抒情诗在当代也面临着越来越大的难度：抒发什么情感，以及如何抒发情感，对于作者而言几乎意味着严峻的考验。在凌空蹈虚的那类抒情诗走进死胡同，甚至遭受读者厌弃之时，祁人的《和田玉》，却巧妙地探寻到一条新路，把古老的情感与当代的生活相结合，使腾云驾雾的情感在现实的飞机场上顺利着陆，并且得以保鲜。

《和田玉》以叙事的方式抒情，通过一只玉镯的故事，将一次旅行和一次婚礼联系起来，将亲情与爱情联系起来，达到水乳交融的境界。

这只来自和田的玉镯，本是"我"在新疆旅行时特意为远方的母亲挑选的礼物，若干年后，母亲却将这只带有自己体温的手镯，戴在一个准备做"我"新娘的女孩的手腕，像一次爱的接力……"为什么叫做新娘？/新娘啊，是母亲将全部的爱/变做妻子的模样，从此陪伴在我的身旁"，祁人将"新娘"的概念，作出诗化的演绎，这绝对是他独特的发现——同时也是其他诗人尚未发现或不可能发现的。祁人的运气真好，从戈壁的遍地砾石中信手捡到一块浑然天成的美玉。他其实并未多做什么，只是在面对陈旧的母爱题材时，稍稍换了一个角度，就获得一首好诗，既可以献给自己的母亲，又可以献给自己的新娘。

这块美玉早就存在了，它的身边不乏人来客往，但他们都忽略了，视而未见；直到某一天，偶然来了个有心人……我好羡慕这个人哟。不仅羡慕他同时拥有母亲的爱、妻子的爱（妻子又成了母亲的化身，所以说是双倍的母爱），还羡慕他在熙熙攘攘的大街上也能捡到被长期遗漏的珠宝。一首人人都可能写出、但至今无人写出的好诗。好，它归你了！

我以前说过：不怕旧题材！只要能找到新感觉，或者说，只要有新发现。越是有难度的写作，越能激发起诗人的好胜心。你并不为了炫耀技艺，而是掌握了简便易行的办法：怎样才能尽快找到一条新路呢，那就是准确地插入众多的旧路的缝隙。哪怕它像刀片一样薄。只有种子不怕被埋葬；它在死亡地带发现了属于自己的生机……

载 2016 年 7 月《中华英才》杂志第 13 期

Playful Comments On Qi Ren

Duo Shengchun

附

录

If surfing the Net, you can have several hundred pieces of informa-
tion about "Qi Ren". As a name,"Qi Ren" is seldomly used, and
only two people have used it as name since ancient times. One was
a celebrity from Shanxi, who left behind many writings that can be
found in history. The other one is the one I am going to talk about in
this essay.

I knew of Qi Ren for the first time was in Gansu, where began to
snow in mid-autumn. I once taught the local herdsmen's children
what the dialectical materialism is, that has no relationship with
has nothing to do with "Grass appear lower when the wind blows".
One of my students who was fond of poetry, read a poetry period-
ical in my class. I picked him up and "detained" that periodical.
Several days past, the student didn't come for the poetry periodical,
so that I had time to have skimmed through that periodical, titled
Poetry Monthly. In that issue of Poetry Monthly, one poem about
stones aroused my interest. It was an artistic work of high order
with powerful stroke in it. The author of that poem is Qi Ren.
When the school term was over, the student came for that poetry
periodical. I asked him whose poem in that issue of Poetry Monthly
was the best, the student said "Qi Ren's ". We two had the same
feelings, so I gave back that poetry periodical to him. It happened
fifteen years ago. Today, the student who was fond of poetry has
gained L.D. degree, yet most of the students who weren't fond of
poetry are in business now. I think, you should tell one to read po-

ems if you would like to train him/her to be a Doctor; you needn't ask one to read poems if you would like to train him/her to be a businessman.

I saw Qi Ren himself for the first time was when China was fully carrying out market-oriented economy. At that time, Peking University had its south wall pushed over. Building No.25 we lived in was near the south wall. We had to bear the noise pollution of construction day and night. Up to today, the roaring of excavators and mixers still around my ears whenever I returned to my old school in dreams. It is not difficult to visualize what the state of environment was at that time.

One day, poetess Xiao invited us to attend a poets' party. For several months, we had suffered a lot from the noise / We were too anxious to go out to cool our mental state, so we accepted the invitation with pleasure. The party was held near Beihai Park. When we arrived, several tens of people were presented. They were celebrities in the poetry circle, such as Mr. Zhang Tongwu, a famous poetry critic, Mr. Han Zuorong, a well-known poet , Mr. Zhu Xianshu, a famous poetry critic and some young people including me, such as Wu Liyang, Hong Zhu, and so on. Several years later, in Qi Ren's fourth poetry anthology, I read a poem about Mr.Zhang Tongwu, in which I saw a Zhang Tongwu lifelike as what he was.

I got to know Qi Ren at that party. That day we drank too much, and sang loudly on the way back. The next day, poetess Xiao told us that yesterday was Qi Ren's birthday. We felt very sorry: What Qi Ren did was just to make his friends happy. However, we even forgot to say "Happy Birthday to You , Qi Ren" at the party .

After that, I often met Qi Ren, in his office, at his residence, or some other places . I still remember that he once, with his wife, came to Peking University to visit me. Year in year out, we became bosom friends with each other. Those years, Qi Ren's office and bedroom were both at Xi Tao Lane, Jiugulou Street. Nearly every year, Qi Ren arranged a birthday party. In fact, his intention was to provide his friends a reason to drink. At the party, his friends from different fislds sang, or plucked, or recited poems in a friendly atmosphere. Someone said, "Happy Birthday to You, Qi Ren", someone didn't. For Qi Ren, it was all the same , because they were all his good friends . When his friends left one after another , Qi Ren would recite one of his poems alone in a tipsy feeling , *"Life is like an arrow / hitting summer at dawn / ... falling into the date of 18 June .../ My birthday / at six tomorrow morning"*.

After I graduated from Peking University, I was busy running about and lost contact with Qi Ren. Several years later, I met Qi Ren again when the Institute of Comparative Studies in Chinese and Japanese Poetry was set up in Peking University. Then Qi Ren's poetry had already enjoyed a high reputation in Chinese poetry circle. He began to hold the post of executive deputy secretary-general of the Poetry Institute of China and was chosen as adviser to the Institute of Comparative Studies in Chinese and Japanese Poetry. At that poetry workshop, one of Qi Ren's poetry anthologies, *The Gate of Fate,* was given as a present to each person, who attended the poetry workshop, including some masters in literature circles and some foreign friends. After reading *The Gate of Fate,* a few well-known Japanese poets said in Chinese, "How fine these poems are! What a Chinese poet!" Those Japanese poets have great attainments both in Chinese poetry and Chinese language. Today in that small island country today, Chinese cultural tradition is still handed down and carried forward, but in China, the socalled "New Mankind" has ignored and forgot what poetry is. The reason can't be explained in a few words. On a certain professor's desk in Tokyo University, there is a copy of *The Gate of Fate,* which was not well printed but shines with poetic rays, *"Accidentally / with your gentle push / the gate of fate opens //...By chance... / or beyond your imagination / with your slight knock / the river of years thaws / And the gate of fate / opens wide also ..."*.

After that party, Qi Ren and I were in close contact. we met each other twice a week or eight times a month. Qi Ren began to drank more often and more much. Whenever he drank, he would sing, recite poems or enjoy wind, flowers, snow and moon. In those two years Qi Ren wrote a lot of fine poems, and part of them were recorded in one of his poetry anthologies–*The Scenery in the Palm* (Writers Press, 2001). Besides poems, some hearsays about Qi Ren spread till today,. I would like to copy a few as below, offering the readers.

Qi Ren is a heavy drinker: all his friends say Qi Ren can hold a lot of liquor–someone says he can drink half kilogram of white spirit once; someone says he can drink one kilogram. In fact, Qi Ren isn't a heavy drinker. Sometimes, after having two or three cups of beer, he will become drunk; sometimes he drinks with his fiends all night, most of his friends are dead drunk, but Qi Ren is only a bit tipsy.

Qi Ren is tender and affectionate: that's true. No poet isn't tender and affectionate on earth. A hearsay says that one day Qi Ren and some of his friends, including a girl, got together at a restaurant. For hear that her daughter would suffer loss, the girl's mother attended the party together with her daughter. Unexpectedly, Qi Ren won the good attitude from the mother and the daughter at the party. This hearsay is not necessarily real, I think, at the most it should be that the mother didn't poke her nose any more into the contacts between Qi Ren and her daughter.

Qi Ren is heartless: it is said that a certain talented woman who was secretly in love with Qi Ren, They had contacts with each other for years but came to nothing. When the talented woman left Qi Ren, she said sentimentally, "The one who is most tender and affectionate is most heartless." Maybe this hearsay is true. For the places Qi Ren and his friends get together, usually have many beautiful women. So it is not to be wondered that one or two women had ever been secretly in love with Qi Ren.

"Liu Yong" of the present age: it is said that Qi Ren often appears in some bustling places in Beijing. If you go there with your friends, the boss often gives you a discount as long as you say you are Qi Ren's friends; If Qi Ren is there, the boss usually doesn't take a single cent from you because those men and women admire Qi Ren for his literary talent and skill. This hearsays remains to be confirmed. Supposing Qi Ren was born in Northern Song Dynasty, I think, perhaps it will be true ...

Hearsay is just hearsay, but Qi Ren is real. The real Qi Ren is stored up in his friends' mind. His friends' memory isn't as strong as a computer, but it lasts much longer than a computer.

The author of this essay now serves as editor in CCTV.

祁人简介

祁人，当代诗人，中国诗歌学会创建人之一、诗歌万里行品牌总策划。

1965年生于四川省荣县。1993年任中国新诗讲习所诗人培训中心主任，1994年与张同吾二人创建中国诗歌学会，1998年加入中国作家协会，2001年出席第五次全国青创会。2004年创办"诗歌万里行"。

祁人是20世纪90年代初，最早将生活、事业与诗歌理想融为一体的北漂诗人，系"泛叙实诗派"代表性人物，其诗歌艺术兼具个人性、民间性、社会性，作品往往以小见大，具有鲜明的诗歌气质与个性特征。祁人因其诗歌《和田玉》而被誉为"国玉文化"代言人。

著有诗集《命运之门》《鲜花与墓地》《掌心的风景》等。代表作有《命运之门》《和田玉》《爱情》《天上的宝石》《昆仑玉》等。先后荣获1992首届"诗国奖"、2007《诗歌月刊》年度奖、2008首届中国网民文化节"中国十佳博客"，2009中国纯文学作家年度人物、2017"津巴布韦诗歌奖"、2018罗马尼亚"雅西诗歌骑士"、2018台湾《秋水诗刊》创作成就奖等。